ANNA WOLF

Sie lieben, sie hassen, sie mobben

In Liebe zum Leben

Bibliografische Information der Deutschen Nationalbibliothek:
Die Deutsche Nationalbibliothek verzeichnet diese Publikation
in der Deutschen Nationalbibliografie; detaillierte bibliografische
Daten sind im Internet über http://dnb.dnb.de abrufbar.

© 2016 Anna Wolf
Herstellung und Verlag:
BoD - Books on Demand, Norderstedt

ISBN: 978-3-741-27745-0

Ich habe dies geschrieben obwohl es qualvoll, unökonomisch und folgenlos ist, weil mir etwas mit autoritativer Kraft eingegeben hat, schreiben zu wollen. Und ich tat es mit Liebe und Leidenschaft.

Einerseits ist das Ergebnis deshalb auf eine Weise mit dem realen Leben verbunden. Dennoch sei hier versichert, dass das Geschriebene in der Hauptsache Fiktion ist.

In dieser Synthese darf gesagt werden, was sonst nicht sein darf.

Nun also versichere ich auch ausdrücklich, dass die Namen in diesem Buch nicht die von realen Personen sind.

Es ist aber möglich, dass es reale Personen mit gleichem Namen und Eigenschaften der Figuren dieses Buches gibt. In einem solchen Fall handelt es sich um Zufall. Nicht von ihnen wird erzählt.

Wie alles begann und wer ich bin

Ich stehe am Abgrund. Bald werde ich springen und fliegen. Ich habe Angst. Etwas Zeit bleibt mir noch und ich will dir, mein Freund, meine Geschichte erzählen.

Es war einmal, so beginnen die meisten Märchen. Leider ist dies hier kein Märchen und alles, was ich dir berichte, ist wahr.

Ich bin ein ganz normaler Mensch. Du fragst, warum ich das betone?

Nun ja, in den letzten Jahren erschien es mir eher, als wäre ich ein Wesen von einem anderen Stern.

Also ich bin Mensch, Mutter, Geliebte, Nachbarin, Tochter und ... und Kollegin?

Fleißig habe ich alle meine Rollen ausgeübt. Ich fand es ganz normal, dieses Leben zu führen. Seit über 20 Jahren arbeite ich in ein und derselben Firma. Vor einigen Jahren habe ich die Abteilung gewechselt. Damit begann das ganze Ärgernis.

Gemeinsam mit meinen damaligen Kollegen mussten wir ein großes Arbeitspensum absolvieren. Dabei sahen wir meistens aufgrund der vielen Arbeit den Boden der Schreibtische nicht mehr.

Wir alle hatten einen hohen Arbeitsdruck und Stress. So blieben auch normale Reibereien nicht aus. Auch flogen manchmal die Türen, und das nicht nur vom Durchzugswind.

Einen Tag später war alles wieder beim Alten.

Ich will es mal so ausdrücken, wir hatten gar keine Zeit uns zu streiten oder lange darüber nachzudenken. Wir konnten auch keinen Gram darüber entwickeln, weil wir voll von Arbeit waren.

Das Wegloben

Doch es kam eine Zeit, da wurde das Arbeitspensum erträglicher, eigentlich fast normal. Die Auftragslage hatte sich verändert. Wir kamen zu einer 100 % Auslastung der Arbeitszeit. Vorher lag die Belastung bei gefühlten 150 % und wenn ein Kollege ausfiel, dann waren es schnell mal 300 %. Es wurde erwartet, dass du die Arbeit gleich mit erledigen kannst.

In dieser erträglichen Zeit trug es sich zu, dass ich von der Chefetage angesprochen wurde, ob ich nicht Lust auf eine Veränderung hätte? Wie man so schön sagt, wurde ich "weg gelobt".

Ja, ich bin darauf reingefallen. Klug wurde mein Ego angesprochen. Natürlich war ich die Jüngste in der Gruppe, ich war auch sehr fleißig, gut erzogen und mit Abstand hatte ich die beste Ausbildung. Ich war sehr selbstbewusst und empfand meinen Aufstieg als normal. Für mich war es der Lohn für meine geleistete Arbeit und meine lange Studienzeit.

Die anderen Kollegen haben mir natürlich zu diesem Schritt geraten. Sicherlich war dies ehrlich gemeint, aber auch im Hinterkopf hatten sie den Eigennutz. Wenn ich freiwillig gehe, dann kostet es einem anderen Kollegen nicht den Arbeitsplatz. Ich denke nicht, dass ich als erste Mitarbeiterin gekündigt worden wäre. Ich als alleinerziehende Mutter sah mich geschützt, denn selbst in unserer Firma gab es so eine Art Sozialplan.

Also merke Dir, lass Dich nicht verblenden im Leben. Wer dich lobt, musst es nicht immer ehrlich und gut meinen.

Mit einer guten Perspektive im Kopf und der Hoffnung auf etwas mehr Geld in der Tasche, machte ich mich ganz normal mit einer gewissen Naivität auf den Weg. Der Weg war steil und unerwartet sollte er in einer Katastrophe enden.

Warum bloß hat mich niemand gewarnt?

Habe ich vor Freude und Jubel die Warnhinweise übersehen?

Wahrscheinlich sollte ich diesen Weg gehen, um zu lernen auf die Nase zu fallen, denn bisher war mein Leben geradlinig verlaufen. Schule mit Auszeichnung beendet, Studium erfolgreich absolviert, ein zweites Studium neben der Arbeit und der Familie abgeschlossen.

Mit meiner mündlichen Zusage verschwand mein Arbeitsplatz sofort. Ich hatte mein Büro noch nicht verlassen, da gab es meinen Schreibtisch nicht mehr. Alle hatten darauf gewartet und sind wie die Geier über den Platz hergefallen.

Ich räumte meine persönlichen Dinge ein und kurz bevor ich ging, wurde mir mitgeteilt, dass ich am kommenden Montag ausnahmsweise zum Stammsitz der Firma fahren sollte, um dort eine Einweisung in meine neue Tätigkeit zu erhalten.

Du musst wissen, bisher bin ich täglich 20 Kilometer zur Arbeit gefahren. Der Stammsitz ist 100 Kilometer von meiner Wohnung entfernt.

Am Wochenende ging ich los um mich neu einzukleiden. Selbstverständlich kann ich im Team der Geschäftsleitung nicht mit Jeans und Pullover erscheinen.

Die neue Stelle

Gesagt, getan.
Montag der erste Arbeitstag im Team der Geschäftsleitung.

Gemeinsam mit der Frau Rat, der Vertreterin des Betriebsrates, erschienen wir bei der Geschäftsführerin Frau Kaiser.

Trotz vereinbartem Termin kamen wir äußerst ungelegen und ich spürte jetzt schon, dass Frau Kaiser gar kein Interesse an meiner Person oder meiner Arbeitskraft hatte.

Aus Höflichkeit bot sie uns jeden einen Platz an.

„Ja, was machen wir mit Ihnen?", sprach sie zu mir.

Ich sah die beiden Frauen groß an und wollte gerade jetzt nicht auf mein Bauchgefühl hören.

Hübsch saß ich bei der Kaiserin, mit meinen Erwartungen und meiner Freude, nach oben befördert zu werden.

Frau Kaiser stammelte etwas zusammen: „Ja", sagte sie zu uns, „ich dachte sie machen ein wenig von dieser Arbeit und ein wenig von der anderen Tätigkeit. Ach, sie setzen sich am besten erst einmal in das leere Büro und alles andere wird sich zeigen".

„Entschuldigung! Was heißt das, ich soll hier bleiben? Werde ich jetzt täglich 100 Kilometer zur Arbeit fahren müssen?"

„Warten Sie es doch erst einmal ab. Ich muss mich erst gedanklich sortieren, sie wissen ja wie viel Arbeit auf meinem Tisch liegt.", äußerte die Kaiserin genervt.

Die Tür von einem leeren Büro wurde geöffnet und beide Frauen schoben mich hinein und gingen ohne Verabschiedung. Ich wartete auf die Rückkehr der beiden, aber sie kamen nicht.

Ich befand mich in einem völlig leeren Büro. Nicht ein Stück Papier lag hier. Ein Computer, ein Schreibtisch, Regale und ein Schrank, einige Stühle standen herum.

Ich stand und wartete und irgendwann setzte ich mich auf einen Stuhl. Ich sah aus dem Fenster. Ich horchte auf die Schritte. Keiner kam.

Ich fühlte mich schlecht und bekam ein schlechtes Gewissen. Ich muss doch arbeiten, dafür bekomme ich mein Geld.

Vielleicht bin ich hier bei „Versteckte Kamera". Sicherlich werden sie mich beobachten.

Ich nahm meine Kalender aus der Tasche und blätterte darin. Die Frage ist, wie lange kann ich mich mit NICHTS beschäftigen, so dass es sehr beschäftigt aussieht?

Nach zwei Stunden wurde die Tür ohne anzuklopfen aufgerissen und vor mir stand die Sekretärin der Kaiserin.

„Ich wollte ja nur mal sehen, was sie hier so tun, hi, hi…", und verschwand wieder.

Etwas geschockt saß ich da. Tief atmen!

Stunden später erschien der Computerdoktor, „hier sind ihre Zugänge zum Computernetz und auf Wiedersehen."

Damit wurde mir zumindest die Möglichkeit eröffnet im Internet Recherchen zu betreiben. Gut, dachte ich mir, was hat die Kaiserin angedeutet? Ich erinnerte mich. Dies und jenes könnte ich tun. Ich fing an zu recherchieren im Internet.

Und ich wartete auf Frau Kaiser und Frau Rat. Und wenn sie nicht gestorben sind, dann warte ich noch heute.

Meine Gedanken kreisten in meinem Kopf. Ich versuchte mich zu beruhigen. Wann wird mich hier jemand abholen? Wann wird mir die neue Arbeitsaufgabe geben? Und wann kann ich wieder zurück zu meinem alten Arbeitsort?

Ich hatte in den Vorgesprächen eindeutig gesagt, dass ich nicht in Sonnenschein arbeiten möchte. Nicht weil es mir nicht gefällt. Nein, es ist zu weit von meiner Wohnung entfernt. Neben dem täglichen Arbeitsweg von hin und zurück 4 Stunden kommen auch starke Kosten auf mich zu, welche selbst bei einer Gehaltserhöhung und bei dem steuerlichen Jahresausgleich bei weitem nicht gedeckt werden. Zu meiner 8,5 Stunden Arbeitszeit gesellen sich noch mindesten 4 Stunden Fahrzeit. Eng gerechnet, wären das ohne Verspätungen und anderen Widrigkeiten 12,5 Stunden. Verbleiben für mein Leben 11,5 Stunden, die mit Kind und Haushalt und Schlafen ausgefüllt werden.

Was sollte ich tun? Ich blieb erst mal ruhig. Irgendwann machte ich Feierabend.

Die nächsten Tage

Den nächsten Tag kam ich wieder und wartete. Ich fuhr eine Woche in das leere Büro. Es blieb ruhig. Bis eines Tages die Tür von Frau Kaiser aufgerissen wurde: „Kommen sie, Frau Grün, kommen sie schon!"

Ich rannte hinter der Kaiserin her und ehe ich mich versah, stand ich in einem Sitzungsraum mit 8 bekannten und unbekannten Anwesenden.

„Darf ich vorstellen, dass ist Frau Grün, sie wird zukünftig hier arbeiten und diese Dinge regeln!", rief die Kaiserin, "Danke, Frau Grün, jetzt können sie wieder gehen."

Was war das? War das ein Hurrikan? So konnte es nicht mehr weitergehen! Ich musste etwas unternehmen.

Ich ging zur kaiserlichen Sekretärin und bat um einen Termin bei der Chefin.

„Oh, das mit dem Termin sieht schlecht aus", meinte die Sekretärin, „Frau Kaiser ist ja sooooooo beschäftigt und da ist eine Tagung und da ist Urlaub, okay, in 4 Wochen am 8. um 7 Uhr können sie kommen. Bitte sehen sie in ihren Terminkalender, ob es passt?"

„Eher geht es nicht? Nein? Mhm, okay, dann in 4 Wochen."

„Ach, Frau Grün, hier ist noch ein Brief von der Personalabteilung, den habe ich ausversehen geöffnet. Entschuldigung. Es ist nicht ihre Kündigung. Hi, Hi...war ein Witz. Ach, sie hätten mal ihr Gesicht sehen sollen. Hi, hi."

Sprachlos verließ ich das Vorzimmer. Ich las den Brief. Ich wurde beglückwünscht zu meiner Ankunft im Hauptsitz der Firma in Sonnenschein. Die Personalabteilung gab bekannt, dass ich einen Umzugskostenzuschlag beantragen kann. Sollte ein Umzug nach Sonnenschein nicht in Frage kommen, könnte ich schwerwiegende Gründe nachweisen, um einen Fahrkostenzuschlag für einen begrenzten Zeitraum zu erhalten.

Weiterhin wurde darauf hingewiesen, dass ich für die Einarbeitungszeit mein altes Gehalt weitererhalt und in 6 Monaten durch eine Kommission entschieden wird, ob ich es wert bin, mehr Geld zu bekommen.

Langsam wurde ich immer sprachloser und ich wurde auch wütend.

Zur Information, einen Umzug schloss ich aus, da meine Tochter ein sehr gutes Gymnasium mit starker Betonung auf Sprachen besuchte. Der Antrag auf Fahrtkosten wurde abgelehnt, da es meiner Tochter zuzumuten ist, die Schule zu wechseln, selbst wenn eine bilinguale Schule in Sonnenschein nicht existiert.

Tag für Tag sagte ich mir, ab morgen wird es besser. Meine innerliche Anspannung stieg.

Obwohl ich mir immer wieder Mut zugesprochen habe, begann mein Körper doch recht heftig zu reagieren. Alles tat mir weh, ich habe gezittert, mir war übel und ich schlief sehr schlecht. Ich war von nun an täglich 14 Stunden auf „Nahrungssuche".

Nach 5 Wochen kamen Teile der Unterlagen eines meiner Vorgänger, welcher vor 2 Jahren den Betrieb verlassen hat, in meinem immer noch leeren Büro an.

„Ach, wir haben da noch etwas gefunden.", rief die Sekretärin.

Die Unterlagen müssen einmal runtergefallen sein. Alles war durcheinander, nichts passte zu einander, viele Dinge fehlten, die meiner Vermutung nach existiert haben könnten. Der Eindruck entstand, dass die Unterlagen in einem Wäschetrockner mehrmals durchgewirbelt wurden.

Die nächsten Wochen verbrachte ich damit, diesen „Haufen" gleich einem Puzzlespiel zu sortieren.

Ich, die „vergessene Mitarbeiterin", habe immer wieder versucht, mich zu melden. Hallo, hier bin ich. Hallo, ich bin dran. Hallo, sehen Sie mich?

Die sogenannten Kollegen, welche ich auf dem Flur traf, grüßten mich zwar freundlich, doch ein Gespräch oder nur so ein winzig kleiner Smalltalk war nicht drin.

Keine Reaktion, keine Dienstberatung, keine Kollegen und die Zeit verging.

Ich habe einmal im Radio gehört, dass in Amerika ein Mitarbeiter tagelang tot in seinem Büro saß und keiner hat es bemerkt. Er hat auf seinem Stuhl einen Herzanfall bekommen und starb. Kollegen hatte er wohl auch nicht. Da er sich nicht bewegt hat, haben auch die Alarmanlage und die Bewegungsmelder nicht reagiert.

„… und wenn sie nicht gestorben sind, dann leben sie noch heute."

Und für was das alles? Für ein wenig Geld, damit ich mir meine „Brötchen" kaufen kann.

Gut, Schluss mit Jammern. Frischen Mutes schwimme ich. Eigentlich wäre es leichter mit der Strömung zu schwimmen, das sollte mein Untergang werden. Ich glaube, die „Lieben" zwingen mich hier, gegen die Strömung zu schwimmen. Das bringt Kraft und wenn ich schnell genug schwimme, komme ich auch mal an.

Die Geburtstagseinladung

Die Tage vergingen. In meinem Postfach lag eine Einladung von der Sekretärin. Die Sekretärin lud zur Geburtstagsfeier ein.

Ich freute mich über die Einladung. Alles wird gut. Ein erster Schritt von ihr zur Annäherung. Was sollte ich schenken?

In meiner alten Abteilung haben die Kollegen Geld gesammelt. Davon wurde ein Mittagessen für den Geburtstagsmenschen arrangiert.

Blumen sind immer gut. Ich besorgte Blumen und ging zur vereinbarten Zeit in den Beratungsraum aber niemand war da.

Laut johlend hörte ich die „Kolleginnen" im Nebenraum.

Mit den Blumen in der Hand betrat ich den Raum. Ich habe mir bis dahin gar nichts dabei gedacht. Ich war eingeladen?

Ich stand mitten im Raum mit meinen Blumen. Alle starrten mich an. Einige bekamen den Mund nicht mehr zu. Eine Frau Klug fing laut zu stöhnen an. Sie sprang auf, warf dabei ihren Stuhl um, rannte an mir vorbei und verließ den Raum.

Ich dachte immer noch so naiv, Frau Klug wollte auf die Toilette.

Absolutes Schweigen lag im Raum.

Sie rührten in Ihren Tassen und konnten mein Erscheinen nicht richtig fassen.

Ein Knistern lag in der Luft, als wenn gleich ein Gewitter heraufzieht, ein Blitz sich entlädt.

Ich gratulierte der Sekretärin zum Geburtstag, übergab brav die Blumen und bekam von ihr einen Platz zugewiesen.

Ruhe. Keiner sagte etwas. Angespannte Stille. Jeder versuchte im Kopf ein Anfang für ein Gespräch zu finden, doch keiner sagte etwas.

Oft genieße ich solche Situationen und beobachte dabei die Menschen, die immer nervöser werden. Mich stört es in der Regel nicht, aber an diesem Tag habe ich mich sehr geärgert. Eigentlich kann ich davon ausgehen, dass die Einladung zum Geburtstagsessen nur versehentlich in meinem Postfach lag. Ich war gar nicht eingeladen und diese mir fremde Frau Klug hat wegen meiner Person, wegen mir, wegen meiner Anwesenheit den Raum verlassen.

Der große Beginn eines Mobbings?

Die Stabstelle und die Abstimmung

Wochen später erfuhr ich, dass meine Stelle eine Stabstelle wurde.

Ich verstehe unter einer Stabstelle eine Position im Organigramm eines Unternehmens, die ganz oben neben dem Chef steht. So eine Art Überhangstelle. Das Organigramm ist ähnlich wie ein Familienstammbaum. Die Eltern stehen oben, dann kommen die Kinder, darunter die Kindeskinder und so weiter. Die Stabstelle ist ein Stiefkind oder ein angenommenes Kind.

Der Chef denkt sich was aus, und packt alle Dinge, die keiner machen will, die keiner bearbeitet, wo keine Zeit bisher war oder einfach was ganz Neues in eine Stelle.

Nun sollte der Chef bemüht sein, diese Stelle in eine „ordentliche Stelle" umzuwandeln.

Mein Gefühl dabei wird davon getragen, dass es am besten ist, wenn der Mitarbeiter von selber sich auf eine „ordentliche" Stelle bewirbt. Ich setze noch einen drauf: Oder von selbst kündigt und damit das Unternehmen von der Überhangsstelle befreit. Personalabbau.

Passiert dies nicht, dann muss man die Stelle möglichst unbequem gestalten.

Mit einer Stabstelle gehört man keinem Team mehr an. Der Versuch zu einem anderen Team vorzudringen, scheiterte mit den folgenden formulierten Absage:

„Sie gehören nicht in unser Team."

In meinem Fall haben die Teams über den „zeitweisen Besuch" durch meine Person unter den Kollegen demokratisch abgestimmt. Ja, so richtig mit Handzeichen. „Wer ist dafür?", „Wer ist dagegen?", „Antrag abgelehnt. Frau Grün wird nicht das Recht eingeräumt, in die Pausengestaltung aufgenommen zu werden."

Meine Frage später: „Und warum nicht?"

„Naja, äh. Naja. In den Pausen besprechen wir gern aktuelle betriebsinterne Dinge und da gehören Sie nicht dazu."

Warum gehörte ich nicht zum Unternehmen? Gut. Es gab auch noch andere Teams. Der nächste Versuch.

„Hallo, ich bin immer so allein in der Pause, kann ich vielleicht mal vorbei kommen?"

Auch hier erfolgte eine demokratische Abstimmung.

„Frau Grün fragt an, ob Sie in den Pausen ab und zu mal vorbei kommen kann?"

„Wenn Team 1 Frau Grün nicht will, warum sollen wir Frau Grün aufnehmen? Außerdem wird es wohl seine Gründe haben, dass Team 1 Frau Grün nicht aufnimmt. Lieber nicht. Wir wollen auch nicht."

Einige Wochen später begegnete mir auf dem Flur ein freundliches Wesen aus Team 3.

„Sie, sagen sie mal, ist bei Ihnen jemand gestorben? Sie tragen immer so viel schwarz."

„Nein", sagte ich.

„Ach, und sie sind immer so alleine."

„Ja, irgendwie finde ich trotz Nachfragen kein Team, was mich aufnehmen möchte."

„Ach, wie schade. Ich frage mal mein Team und dann melde ich mich bei Ihnen."

Seither geht die Mitarbeiterin immer mit gesenktem und hochrotem Kopf an mir vorbei.

Wie schade.

Zurück zur Stabstelle. Die Stabstelle steht im Organigramm ganz oben neben dem Chef. Die anderen Mitarbeiter denken vielleicht: „Ah, die Grün hat es geschafft. Die steht jetzt ganz oben neben der Chefin im Organigramm."

„Die Chefin ist jetzt ihre Vertraute."

„Achtung, sie ist der Chefin direkt unterstellt. Da müssen wir vorsichtig sein, was wir sagen."

Ich habe die Kaiserin direkt angesprochen und ihr mitgeteilt, dass ich mich hier ausgeschlossen fühle.

Auch habe ich ihr die Frage gestellt, ob es daran liegen kann, dass ich aus der Großstadt komme und nicht aus dem Örtchen Sonnenschein, welcher jetzt unser Firmensitz ist. Mein Hinweis, dass ich auch ein Kind aus einer Kleinstadt bin, sollte eine Brücke zu den ANDEREN bauen.

Die Chefin war seither der Meinung, ich sei nicht teamfähig.

„Angriff ist der beste Weg zur Verteidigung!"

Unartig bemerke ich hierzu, ich bin nicht „Kaffeerunden" tauglich, dies hat nichts mit Teamfähigkeit zu tun.

Nun wurde ich langsam sauer. Ich? Ich bin nicht teamfähig? Ich nenne es Mobbing. Oh, das böse Wort. Mobbing. Was Chefs gar nicht hören wollen.

Die Antwort meiner Chefin auf das Wort Mobbing: „Also Frau Grün bilden sie sich mal nichts ein, schließlich sind sie hier zum Arbeiten und nicht um Kaffee zu trinken."

Wie wahr, wie wahr.

Heute weiß ich, dass dies der späteste Zeitpunkt für das Einschreiten der Geschäftsleitung gegen jegliche Mobbingattacken gewesen wäre. Nur frühzeitiges Einschreiten kann helfen, wenn dies überhaupt gewollt ist.

Mobbing als durchaus hilfreiches Instrument zum Personalabbau, egal mit welchen Folgen für den Einzelnen. Geht man auch hier stark über Grenzen oder auf „gut Deutsch" über Leichen.

Auch musste ich mir die Frage stellen, wollte ich der Wahrheit nicht ins Gesicht sehen?

Vor mir selbst habe ich die ganze Zeit die Kaiserin in Schutz genommen. Immer habe ich mir gesagt, die arme Frau muss viel arbeiten und hat deswegen keine Zeit für mich.

Immer habe ich versucht, mich ihr freundlich zu nähern. Ja, ich habe mich richtig eingestimmt auf ein Zusammentreffen mit ihr. Good vibration! Gute Schwingungen mit in den Raum zu bringen.

Hätte ich dies nicht getan, wäre die Situation schon Monate zuvor eskaliert.

Das neue Büro

Ein kleiner Hinweis der Pförtnerin, morgens als erste Begrüßung, hat mich verunsichert: „Frau Grün, sie sitzen bald nicht mehr in ihrem Büro."

Was bedeutete das, für mich. Werde ich umziehen? Werde ich entlassen?

„Was meinen sie damit?"

„Ich weiß von Nichts, aber gehen sie der Sache doch mal nach."

Ruhig bleiben. Fragen gehen. Am besten gehe ich zum Verwalter.

„Guten Morgen, können Sie mir etwas zu meinem Büro sagen?"

„Oh ja, natürlich, wissen sie denn nichts? Sie ziehen morgen in ein anderes Büro. Ich habe eine E-Mail erhalten, dass sie morgen umziehen. Aber warum wissen sie das nicht?"

„Ich weiß es leider nicht, warum ich es nicht weiß."

„Da müssen sie sich aber beschweren, am besten gleich den Betriebsrat einschalten, so geht es doch nicht."

„Ach, das hat doch nicht viel Sinn. Ich komme hierher zum Arbeiten, dann soll die Chefin „mich" umziehen. Ich werde es schon merken, wenn die Umzugsfirma in mein Büro erscheinen."

Sicherlich ärgerte ich mich darüber. Sicherlich war ich innerlich auch wütend. Und sicherlich werden mit solchen Dingen die Mitarbeiter nervös gemacht.

„Du sollst an das Beste im Menschen glauben, sonst wird das Schlechte überhand nehmen."

Ich will kein System dahinter sehen, will keine Zermürbungspraxis heraufbeschwören. Ich denke, es wurde einfach vergessen, wie immer einfach nur vergessen, ordentlich mit den Mitarbeitern oder besser ausgedrückt, menschlich mit den Mitarbeitern umzugehen.

Ich zog also auf einen anderen Flur zu einer völlig fremden Abteilung.

Auch diese Abteilung sah mich als „Fremdkörper" an.

Ich traf niemanden mehr aus dem Unterstellungsgebiet der Kaiserin. Einmal täglich ging ich fast unsichtbar in das Vorzimmer der Kaiserin und sah nach meinem Postfach. Meistens war es leer. Auch Post, welche mir bereits angekündigt wurde, lag nicht im Fach und kam oft Wochen später zu mir. Am Poststempel konnte ich sehen, dass hier etwas nicht stimmte.

Wenn man nun glaubt, ich hätte jetzt Ruhe gefunden mit mir und meinen neuen Büro, so irrt man sich. Erneuter Bürowechsel folgte, einige Wochen später wurde ich in eine Art Abstellkammer gesetzt. Ein Schreibtisch, ein Stuhl und ein Regal, mehr Platz war nicht. Ich denke, es waren 6 Quadratmeter Bürogrundfläche. Ich weiß nicht, ich glaube bei Viehtransporten gibt es eine Platznorm. Die Kaiserin hat mich besucht und stand in der Tür und lächelte wohlwollend. Rein konnte sie ja nicht kommen, denn es war kein Platz.

Dunkel, sehr klein, Ausblick gegen eine Wand und doch mein. Ich musste mir die Kammer mit niemand teilen. Ich darf dazu bemerken, dass es wahrscheinlich auch keinen Kollegen gegeben hätte, der bereit gewesen wäre, mich in „sein" Büro aufzunehmen.

Was macht ihr hier eigentlich mit mir? Mein Selbstwertgefühl ist im Keller. Entschuldigung, in der Kammer. Stinke ich oder was habe ich an mir?

Um mich ganz und gar nicht mehr zu sehen, wurde ich letztendlich an eine andere Außenstelle versetzt. Mein Arbeitsweg verringerte sich etwas, was mir gefiel. Aber ich kam schlecht an die zu erfüllenden Arbeitsaufgaben heran, da ich räumlich sehr weit weg von der Kaiserin war. Ab sofort war ich unsichtbar. „Aus den Augen, aus dem Sinn..."

Die Sekretärin schaffte es nicht, mir meine Post zu senden. Die Post blieb einige Tage, manchmal sogar Wochen bei ihr im Büro, in einer Art „blindem" Briefkasten, naja, blindem Postfach liegen.

Meine Hoffnung an dem neuen Arbeitsort neue Kollegen zu bekommen, zerschlug sich gleich, denn mein Ruf eilte mir voraus. Bemerkungen, von fremden Personen, „wir wissen ja wie sie sind", ließen mich erschaudern.

Wie bin ich denn?

Immer wieder habe ich versucht, das Mobbing anzuzeigen. Immer wieder wurde es abgetan. Jetzt hat die Kaiserin eine hervorragende Lösung gefunden. Ich habe keine Kollegen mehr. Sie hat mich weit weg von den Anderen völlig fremd untergebracht. Ich bin jetzt völlig isoliert. Keiner mobbt mich nun.

Dienstberatungen

Auf meine Anfrage bei Frau Kaiser, ob es nicht üblich ist, Arbeitsberatungen durchzuführen, erhielt ich erst Monate später eine Antwort.

„Wenn sie das wirklich wollen, finden sie sich jeden Montag um 8 Uhr bei mir im Büro ein."

Ich fuhr ab sofort montags als erstes zur Kaiserin, danach ging meine Reise weiter zu meinem Arbeitsort.

Da gibt es doch so einen netten Spruch, gehe nicht zu deinem Kaiser, wenn du nicht gerufen wirst.

Ja, ich hatte gerufen und nun war mir jeder Montag ein Grauen.

Bereits Sonntagmittag bekam ich Angst und Wut auf diesen Termin.

Somit kam ich am Wochenende nicht mehr zur Ruhe, was sich auf mein gesamtes Gleichgewicht auswirkte.

Öfters erschien ich am Montag im Vorzimmer von der Frau Kaiser und Frau Washamseden, die Sekretärin, trällerte mir entgegen: „Ach, hat Frau Kaiser ihnen nicht mitgeteilt, dass sie eine wichtigere Beratung hat. Ja, sie ist nicht da."

Oder: „...dass sie Urlaub hat."

Oder: „..dass sie verhindert ist."

Und irgendwann wollte keiner mehr was von mir. Ich war von der Kaiserin verbannt worden.

Krankmeldung

Mein Körper rebellierte. Ich schleppte mich zur Arbeit. Ich nahm immer mehr an Gewicht ab. Was mich durchaus schmückte.

Ich musste mich öfters krank melden, dabei war der Ton der Sekretärin vorwurfsvoll und von oben herablassend.

„Was sind sie schon wieder krank?"

Die Sekretärin verlangt schon nähere Krankheitsbeschreibungen, Symptome, Blutdruck und Stuhlgang. Reicht die Beschreibung der Krankheit nicht aus, kommt immer noch ein bockiges und langgezogenes: „Waaaasss haaaaaamse dennnnn?????????????????"

Ja, als Sekretärin hat man schon ein Staatsexamen in Medizin und das Recht alles genau zu wissen und natürlich auch das Recht diese Informationen im Betrieb weiter zu tragen.

„Naja, da kann man nichts machen.", rief erfreut die Sekretärin, Frau Washamseden.

Einmal versuchte ich keine Beschreibungen meiner Krankheit mitzuteilen.

„Ja, was hamse denn?"

„Ich denke nicht, dass sie das etwas angeht."

Kurz schweigend und dann schluckend an der anderen Telefonseite rief Frau Washamseden, „So geht das aber nicht, was soll ich denn der Frau Kaiser sagen."

„Sagen sie Frau Kaiser, dass ich mich krank gemeldet habe, mehr nicht."

„Das ist aber komisch!"

„Auf Wiederhören.", ich beendete das Telefonat und legte auf.

Obwohl ich krank war und eigentlich Ruhe brauchte, erzeugte Frau Washamseden, Unruhe in mir und ein schlechtes Gewissen.

Lichtlein kommt

Von irgendwo kam ein Lichtlein her. Ich war ziemlich kaputt in diesen Tagen. Diese Ignoranz der Sonnenscheiner schlug sich auf meinen Magen und mein Gemüt. Jeden Arbeitstag unternahm ich so eine Art Weltreise durch das Königreich Sonnenschein. Körperlich und geistig fühlte ich mich täglich schlechter.

Eines Abends fand ich in meinem häuslichen Briefkasten einen Flyer:

Chandrashekara
Wenn du nicht mehr weiter weißt…
E-Mail: Chandrashekara@...

Bunt war der Flyer und er sprach mich an. Werbung. Und ab in den Mülleimer.

Ich saß auf meinem Sofa und wusste einfach nicht mehr weiter.

Meine Tochter ging längst ihre Wege und meine Freunde konnten das Thema nicht mehr hören.

Solange ich lustig und „gut drauf" bin, habe ich immer viele Freunde.

Wenn es mir nicht gut geht, habe ich den Eindruck, dann dreht die Welt noch mehr am Rad und haut auf mich ein. Getreu dem „Hau den Lukas" nun schlagt auf mich ein, sicherlich nur mit Worten, aber die können manchmal noch mehr verletzen.

Bin ich traurig, bin ich nicht gewünscht. Niemand will dann seine Zeit mit mir verbringen.

Ich brauchte einen Gesprächspartner, der mir einfach nur zuhört. Ich war in der Phase angekommen, wo ich sicherlich alle wohlwollenden Ratschläge nicht mehr hören konnte. Sie fühlten sich so phrasenhaft an, so platt. Ich führte schon Selbstgespräche. In einer meiner Ausbildung zur Entspannungskursleiterin habe ich gelernt, dass Selbstgespräche gut sind. Im Selbstgespräch kann man alles aussprechen, was sich angestaut hat. Ich kann alles sagen, auch wenn mir keiner zuhört. Oder gerade weil mir keiner zuhört. Doch ich höre mich ja selbst und kann mich korrigieren. Anderen kann ich immer gute Ratschläge geben. Aber bei mir selbst klappt es nicht so gut. Ich fühle mich einsam.

Mir fiel der Flyer ein. Ich schlich um den Mülleimer herum. Ein Blick hinein, da lag er zerknüllt und meine Hand griff zu, gleich einem Rettungsring. Ich hielt die Flyer ganz fest und rief ganz laut: „Danke, danke, danke."

Was sollte das? Ich dachte, langsam drehe ich durch. Es war ein Zeichen. Tagelang trug ich den Flyer mit mir herum.

Mein Gedankenkarussell war auf einmal unterbrochen. Ich dachte nicht nur an die unfreundlichen Sonnenscheiner, ich dachte über diesen Flyer nach. Und je länger ich nachdachte umso vertrauter wurde er mir. Erinnerte ich mich da an etwas?

Wer hatte den Flyer in meinen Briefkasten gesteckt?

Irgendwann war es dann soweit.

Es lag wieder ein unschöner Tag hinter mir. Ich kochte mir einen Tee und setzte mich an den Computer und recherchierte. Ich fand eine Webseite von Chandrashekara und hörte mir einen seiner Podcasts ab. Seine Stimme war mir gleich vertraut. Ein weiser Mann.

Oder eine Organisation?

Ein Betrüger, der an mein Geld will?

Keine Hinweise darauf. Alles scheint in Ordnung zu sein. Ich hörte weiter seine Stimme und fühlte mich besser. Später entschied ich mich ihm eine E-Mail zu schreiben.

Sehr geehrter Herr Chandrashekara

Sehr geehrter Herr Chandrashekara, schrieb ich.
Ich bin durch den Flyer auf Dich aufmerksam geworden.

(...oder schreibe ich lieber ...ich bin auf „Sie" aufmerksam geworden...auf dem Flyer steht „Du"...also „Du")

Da ich zurzeit keinen Gesprächspartner habe, nehme ich das Angebot des Flyer an, mich mit meinen Fragen an Dich zu wenden. Zurzeit bin ich etwas orientierungslos.
(Was für ein Quatsch!) Das Echo meiner Umwelt ist für mich unerträglich. Immer denke ich, ich spiegele meine Umwelt wieder. Wie es in mir aussieht, so ist meine Umwelt.
Aber ich gebe mir doch so viel Mühe, ein netter Mensch zu sein. Ich will einfach nur in Frieden leben. Und die viele anderen Menschen führen Krieg gegen mich.
Sicherlich verstehst du jetzt nicht, um was es mir geht. Ich werde Dir morgen ausführlicher schreiben.

Liebe Grüße

Elisabeth

Und jetzt ganz schnell auf „SENDEN" drücken, ansonsten überlege ich es mir nochmal.

Türen öffnen sich

Lieber Chandrashekara,
heute möchte ich gleich mit meinem Vorhaben beginnen, jeden Tag ein paar Worte an dich, mein Unbekannter, zu schreiben.

Sicherlich wunderst du dich, dass ich Deine Antwort nicht abwarte und gleich wieder schreibe. Aber bitte verstehe, ich schreibe an Dich oder meine Worte verschwinden ungelesen im Universum. Ich muss es einfach in die Welt schreiben.

Ich fühle mich momentan nicht sehr wohl, weil ich meine Arbeitsstelle nicht mehr mag. Viele Umstände haben dazu geführt, sei es Ausgrenzung, Mobbing...

Vielleicht werde ich dir später einmal davon schreiben, sofern ich die Kraft dazu habe.

Ja, ich weiß, Du denkst sicherlich, ich muss nicht zur Arbeit fahren.

Da bin ich aber anderer Meinung, ich muss mit irgendetwas meinen Lebensunterhalt verdienen.

Ich glaube, ab sofort werde ich viele Dinge mit Deiner unbekannten Kraft verändern. Ich werde etwas ganz Neues beginnen.

Wenn sich eine Tür schließt, öffnet sich eine andere. Ich darf nur nicht so lange die geschlossene Tür anstarren und damit wertvolle Lebenszeit vergeuden. Ich gehe einfach durch die offene Tür und lass mich überraschen: Mut tut gut.

Ich schaue nur zurück, wenn ich daraus etwas lernen kann oder wenn ich zurückgehen will. Es wird aber nicht mehr so sein. Kein Augenblick ist wie ein anderer.

Ich lebe jetzt und mein Mut, durch die neue Tür zu gehen, wird auf jeden Fall belohnt.

Der Weg bringt positive Veränderungen.

Und wenn es nicht so ist, kann ich wenigstens aus dieser Erfahrung lernen.

Wenn ich nicht durch die schöne geöffnete Tür gehe, kann ich auch nicht erfahren, was mich dahinter erwartet. Ich stagniere, wenn ich nicht gehe und am Ende meines Lebens werde ich traurig sein oder gelangweilt und sagen: „Ach, hätte ich doch..."

Denk daran, der Weg ist das Ziel.

Ankommen bei mir und Dir.

Ein kluger Mann hat einmal gesagt, dass es die größte Herausforderung ist, sich selbst zu finden. Die anderen Herausforderungen in unserer Welt sind nur Kleinigkeiten dagegen

Vielleicht stehen hinter der neuen schönen Tür die drei großen L´s. Liebe, Lerne, Lehre...

Liebe Grüße

Elisabeth

Die Balance

Hallo Elisabeth,
vielen Dank für Deine Zeilen. Deine Gedanken sind nachvollziehbar. Oft habe ich sie selber empfunden und ich habe mich nicht zuletzt oft genug darüber mit anderen unterhalten.

Ich habe inzwischen auch einen guten Zugang zu mir selbst und das Wissen, mit dem Geist zu arbeiten.

Wir müssen es nur tun. Das nimmt uns kein anderer Mensch ab. Selbst tun und dies regelmäßige Üben, führt zum Ziel.

Ich möchte hier noch einen Gedanken festhalten, über den ich heute nachgedacht habe.

Und zwar geht es darum, dass wir bildlich gesprochen als Menschen auf zwei Beinen stehen.

Das eine Bein steht in der Wirklichkeit und das andere Bein ist quasi unser spiritueller Weg. Mit dem lassen wir uns nicht von Illusionen und Täuschungen fehlleiten. Unser Weg ist uns von Geburt an gegeben, nur gehen müssen wir ihn allein.

Um in der realen Welt die Balance zu halten, müssen wir uns zusätzlich noch in der Normalität bewegen. Dies deshalb, weil es so ist. Eine Erklärung habe ich nicht dafür. Jedenfalls hat nicht jeder Mensch einen optimalen Zugang zur Wirklichkeit und dies betrifft leider die meisten Menschen und die sprechen eine andere Sprache als wir.

Um nicht ganz als Außenseiter vorzeitig „gefressen" zu werden, ist es ratsam, wenigstens auf einem Bein diese Sprache nicht ganz zu verlernen.

Das zu den zwei Beinen grundsätzlich.

Im Besonderen geschieht, dass man auf Arbeit durch eine Ausgrenzung oder Vorverurteilung mehr oder weniger daran gehindert wird, mit dem zweiten Bein zu üben. Im Umgang mit den normalen Umgangsformen entsteht so ein Übungsdefizit, welches die Balance immer schwerer macht. Dies ist für mich ein Grund, die Situation zu verlassen und mir einen anderen Ort zu suchen. Ich möchte ein selbstbestimmtes Leben. Dazu gehört das Recht, nicht eingeschränkt zu werden. Wenn ich diese Art von Behinderung hinnehme, lasse ich eine Degeneration auf meinem zweiten Bein zu.

Herzlichst

Chandrashekara

Meditation

Lieber Chandrashekara,
ich habe Deine Zeilen genau gelesen und mich über Deine Antwort gefreut.

Heute las ich ein Buch über "Übergangszonen" und ermüdete dabei zunehmend.

Ich war eigentlich viel zu müde, um zu lesen. Trotzdem las ich weiter. In diesem Moment kam deine E-Mail, ich las deine Zeilen und war auf einmal hell wach und hatte das Bild von den zwei Beinen, ein Bein in der Wirklichkeit und mit dem anderen in der spirituellen Welt im Kopf. Zwischen beiden empfand ich einen Zwischenraum. Dieser Zwischenraum ist wohl die Übergangszone, von der in dem Buch die Rede ist. Vielleicht trifft man dort auch auf Engelswesen oder Gott. Kann man in diesem Bereich mit ihnen Kontakt aufnehmen?

Ohne den Text weiter gelesen zu haben, dachte ich mir, dass wir in der Meditation in diese Zwischenräume oder nenn es Übergangszonen kommen, in einem halbwachen Zustand, im Dösen, im Traum...

Manchmal erhalten wir Eingaben oder Inspirationen, manchmal kann man eine Stimme hören oder man sieht eine Gestalt, die bei näherem Hinsehen, also beim Fokussieren wieder verschwindet und oft als Streich unseres Gehirns gesehen wird.

Wenn wir in diesem halbwachen Zustand solche Zwischenräume betreten können, werden wir „sehend"?

Entschuldige, es ist vielleicht nicht richtig ausgedrückt, ich bin halt sehr müde und wollte Dir doch noch schreiben und nicht gleich am dritten Tag mich meiner Müdigkeit ergeben.

Liebe Grüße

Elisabeth

Über das Denken

Hallo Elisabeth,
ich habe den Text nicht vor mir liegen, den du gestern geschrieben hast, aber ich erinnere mich, dass du den Gedanken mit den zwei Beinen aufgegriffen hast.

Ich erinnere mich nicht wortwörtlich, nicht einmal sinngemäß. Dazu habe ich den Text nur überflogen. Entschuldige, auch ich habe nicht immer genügend Zeit alle Dinge mit voller Konzentration zu absolvieren.

Hängengeblieben ist nur, dass du einen Gedanken aufgegriffen und weiter betrachtet hast. Die zwei Beine in Richtung von zwei Welten oder so ähnlich.

Für mich war an dieser Stelle zunächst nur von Bedeutung, dass die spirituelle Sicht einen hohen Stellenwert im Leben haben sollte.

Wir haben ständig unzählige Gedanken in unseren Köpfen und machen uns um das eigentliche Denken keine Gedanken. Das „wie ist zu denken" wird nicht gedacht und das Leben wird sich selbst überlassen, oder besser den Vorstellungen, wie wir sie erfahren durch andere Menschen, Fernsehen, Internet. Alle tun es, also wird es richtig sein. Ein kritisches Sehen ist dies nicht.

Die spirituelle Sicht, auf welchem Weg auch immer, bedeutet, kritisches Denken. Eigentlich bräuchte es ein anderes Wort nicht. Es bräuchte nicht die Worte Spiritualität, Religion oder auch Esoterik. Kritik würde genügen. Kritik im Sinne von, an der Weisheit messen.

Weise ist es, sich über das eigene Denken bewusst zu sein und dieses kritisch zu hinterfragen. Nicht einfach nachahmen, sondern Nachahmung dort, wo es als Lernstrategie vernünftig ist. Kinder lernen zum Beispiel am Anfang ihres Lebens sehr viel mit dieser Methode. Auch später ist die Methode sinnvoll. Sich ansehen, wie eine Sache gemacht wird, nachahmen und selbst probieren.

Das Denken kritisch zu hinterfragen bedeutet auch, das Denken ans sich zu akzeptieren. Es ist nicht einfach so da, sondern kann gedacht werden. So lassen sich die Gedanken ansehen, umwerten oder auch beruhigen.

Das sind Methoden, die die Menschheit auf ihrem Weg durch diese Welt erkannt haben, Weisheit, und dieses Wissen steht zur Anwendung bereit.

Das bedeutet, kritisch zu sein, weise zu sein und eine spirituelle Einstellung zu pflegen.

Hier wäre es an der Zeit, wieder auf das Normalbein zu sprechen zu kommen, aber das möchte ich jetzt nicht.

Ich denke gerade darüber nach, dass der Mensch sich wohl auch deshalb so schwer tut mit sich selbst, weil er immer nur an eine Sache denken kann und nicht gleichzeitig mehrere Ebenen gedanklich bedienen kann. Oder zumindest lässt Mensch dies nicht in seiner bewussten Ebene zu.

Schon die These mit den zwei Beinen fordert das Denken und verlangt einerseits reines, weises Denken und gleichzeitig Interaktion mit der Welt. Eine spirituelle Denk- und Lebenseinstellung und gleichzeitig ein Anpassen oder jedenfalls ein eingerichtetes Leben, wie es das Umfeld zu akzeptieren vermag. Eine wahre Herausforderung allein diese beiden Ebenen zu denken, zu handeln, zu interagieren.

Gehe ich noch einen Schritt weiter und bringe in das Spiel den Begriff des Multifaktoriellen, wie er auch in der Psychologie als Beschreibung dessen, dass das menschliche Denken und Verhalten von vielen Faktoren abhängig ist und sich gegenseitig beeinflussende Größen sind, wird es um einiges schwieriger.

Es ist eben nicht so einfach, dass überall Ursache und Wirkung als Erklärungsmuster ausreichend sind. Die Zusammenhänge sind umfangreicher, nicht statisch und uns oftmals nicht mal bekannt.

Chandrashekara

Die Saat, Mobbing, Sozial und Asozial

Lieber Chandrashekara,
nach der Weisheit "Wer sät, wird ernten und wer bittet, kann erhört werden" will ich die Saat ausbringen und kräftig bitten um Mithilfe.

Hat man zu viel Ärger, Stress, Wut, Probleme, Müdigkeit, auch Depressionen, beißt man sich durch das Leben, „Verbissen an einer Sache arbeiten", „Augen zu und durch", „die Zähne zusammen beißen", "bissig sein", da hilft es, sich ganz bewusst mit seine Gedanken zu beschäftigen. Ich für mich stelle fest, dass ich unterbewusst ständig dabei bin, die Zähne zusammenzubeißen. Nachts werde ich davon wach, am Tag merke ich es oft und denke, was mache ich da eigentlich?

Ich weiß, dass ein Zusammenbeißen der Zähne, ein starres Festhalten des Unterkiefers, sich auf alle Körperbereiche auswirkt.

Gedanken sind wie scheue Tiere. Wenn sie sich beobachtet fühlen, verschwinden sie. Also üben, üben und nochmals üben. Bestehende Muster verändern, hinterfragen der persönlichen Lebensweise, zum Beispiel: Was will mir mein Körper mit den Signalen sagen?

Bei all der Übung stelle ich schon eine Verbesserung fest, so kann ich in vielen täglichen „Geschehnissen" öfters ruhig bleiben, wo ich noch vor kurzer Zeit engagiert gestritten hätte. Das heißt aber nicht, dass ich meine Ansichten nicht mehr vertrete und mir nun einfach alles gefallen lassen muss. Ich bin jetzt einfach wählerischer.

Achtsamkeit heißt es. Gut überlegen, wo lohnt es sich Energie aufzuwenden und wo nicht. Getreu dem Wort: „Oh Herr gib mir die Gelassenheit, Dinge hinzunehmen... und das eine vom anderen zu unterscheiden".

Ich muss dabei sehr aufpassen, da ich ein feuriges Temperament habe. Einfach nur „schlucken", was die Außenwelt so darbietet, ist nicht immer richtig, da fange ich an, innerlich zu kochen und dann kocht es bekanntlich irgendwann über.

Ich arbeite in einer sozialen Marktwirtschaft, und würde mich freuen über vielleicht einen sozialen Umgang der Mitarbeiter, der Chefetage, der Menschen untereinander.

Ich recherchiere nach Hilfe im Internet. Ich suche.

Was heißt sozial?

Sozial kommt aus dem lateinischen, also von "socius" und heißt: gemeinsam, verbunden, verbündet.

Der Mensch als soziales Wesen, sein Bezug auf ein oder mehrere Menschen, seine Fähigkeit als Mensch, sich für andere Menschen zu interessieren, Empathie und Fürsorge zu entwickeln. Es tauchen Schlagwörter wie Altruismus auf. Aber auch das Wort Asozialität steht im Raum, was bedeutet, dass der Mensch von gesellschaftlichen Normen abweicht und die anderen Menschen schädigen kann.

Ich sehe weiter nach. Was steht bei Mobbing?

> - Psychoterror am Arbeitsplatz, mit dem Ziel, den Gemobbten aus dem Betrieb heraus zu ekeln,

- der Gemobbte wird ständig schikaniert, gequält und verletzt,
- Verbreitung falscher Tatsachen und Gerüchte sowie Zuweisung sinnloser Arbeitsaufgaben, Schikanen, soziale Isolation, ständige Kritik, Spott, und Gewaltandrohung gehören ebenso dazu.

Lebe bewusst und intensiv im Jetzt.

Elisabeth

P.S.: Vielleicht kannst du mich ja mal anrufen, ich würde so gern deine Stimme hören.

Der Anruf

Einen Tag später klingelte mein Telefon. Ich spürte gleich, es kann nur Chandrashekara sein. Eilig hob ich den Hörer ab und ich versuchte mich natürlich und unaufgeregt zu melden.

Vielleicht würden sich gleich meine Hoffnungen in Luft auflösen, wenn eine gewisse Schwingung nicht durch das Telefon käme.

„Hallo, hier ist Elisabeth."

„Hallo, hier spricht Chandrashekara."

Ich war so aufgeregt und er war so ruhig.

Nach einigen Minuten sprachen wir miteinander, als wenn wir uns schon immer gekannten hätten.

Es soll Seelenverwandte geben.

Wir „quatschten" die Nacht durch, ab und zu kochten wir beide einen Tee, jeder natürlich in seiner Wohnung und dann sprachen wir weiter.

Danke, für das Lichtlein am Horizont, was schnell zu einer strahlenden Sonne werden kann.

Danke!

Die leeren Menschen

Hallo Elisabeth,

gestern Nacht hast Du mir von deinem Telefonat mit Bianka erzählt. Sie sei neidisch darauf, was du alles innerhalb von sechs Tagen, den Tagen zwischen Weihnachten und Neujahr gemacht und erlebt hast. Du hättest in sechs Tagen so viel gemacht, wie sie in einem ganzen Leben. Auch sei Anton, ihr Ehemann, wohl krank, weil er die ganze Zeit zu Hause nur noch vor dem Fernseher säße und einfach nichts unternimmt.

Mir fällt dazu der Gedanke von einem Mann ein, dessen Kopf sich auf dem Weg von der Arbeit nach Hause leert. Wenn sich sein Kopf geleert hat und er allein ist, schläft er ein.

Ich will dieses Bild in zwei Richtungen denken.

Einmal möchte ich auf die Suche gehen und Ausschau halten, wo sich dieses Verhalten zeigt und andererseits möchte ich das Verhalten den Überlebenstrieben gegenüber stellen.

Also, einerseits ist dieses Verhalten in der Natur nicht unbekannt. Es gibt zahlreiche Tiere, die eine nicht unerhebliche Zeit in Ruhe verbringen. Einfach dösen, wie ein satter Löwe im Schatten oder das Warten der Spinne auf Beute in ihrem Netz. Auch Winterschlaf wird gehalten, von den Insekten bis zu den Braunbären.

Bei allen ist es eine sinnvolle Beschäftigung, nur bei der Spezies Mensch fühlt sich ein solches Verhalten irgendwie anders an.

Betrachte ich das Bild aus der Sicht der Überlebenstriebe, so sollte ich zunächst benennen, was ich als Überlebenstriebe bezeichne.

Da möchte ich nur wiederholen, was ich irgendwo gelesen oder gehört habe. Nämlich seien die wesentlichen Überlebenstriebe, die Suche nach Nahrung, die Erhaltung der Art und eine sichere Unterkunft.

Bei der Spezies Mensch sind die Triebe durch den regelmäßigen Gang zur Arbeit, der Unterhaltung einer angemessenen Wohnung und Spaß am Sex schnell erfüllt. So gesehen, bleibt Zeit für den Müßiggang. Satt in der warmen Wohnung sitzen und mal keinen Appetit auf Sex zu haben, scheint vorstellbar.

Meiner Meinung nach, ist dies aber nur oberflächlich richtig. Was sich so einfach anhört und in der Tierwelt nach Nichts aussieht, ist doch etwas.

Die Natur hat es so eingerichtet, dass sich die Arten mit mehr als Sex beschäftigen müssen, um ihre Art zu erhalten. Ich meine nicht nur die Zeugung von Nachkommenschaft und deren Begleitung bis zur Selbständigkeit, sondern auch die ständige Anpassung an die Lebensbedingungen und die Erhaltung der dafür notwendigen Funktionalitäten. Zumindest beim Menschen gehört dazu auch die Funktion des Denkmuskels. Wird er nicht regelmäßig bewegt, erschlafft er. Zumindest setzt eine Degeneration des Gehirns ein.

Ich denke gern an meine Großeltern und ihre Art, wie sie ihre Lebenszeit verbrachten. Jedenfalls als ich sie in den Ferien hin und wieder mit meinen Kinderaugen beobachtet habe.

Opa Gustav war ständig in Bewegung, wenn er jede zweite Woche zu Hause war. Er hat beim Autobahnbau im sogenannten „Zyklus" gearbeitet. Eine Woche arbeiten und eine Woche frei. Hatte er eine Woche Urlaub, war er gleich drei Wochen zu Hause. Ständig hatte er zu tun. Da war der Garten, es war Holz für den Winter aus dem Wald zu holen oder er hatte wieder mal etwas in seiner Werkstatt zu basteln. Auch einfach so im Wald spazieren kam vor. Am Abend gab es dann das Fernsehen. Nicht aber am Tag. Ausnahme, Sonntag. Mitschreiben des Fernsehprogrammes West.

Oma Liesel war weniger beweglich. Immerhin hatte sie 7 Zwerge! Saisonal hat sie bei der LPG gearbeitet oder der TÜKOFA (Thüringer Konservenfabrik). Auch hat sie beim Bauern geholfen. Später war der Bauer die LPG.

Gerade im Winter war nichts zu tun und jedenfalls in meiner Erinnerung hat sie viel Handarbeit gemacht oder Taschenromane aus dem Westen gelesen. Abends gab es Brett- oder Kartenspiele. Mein Gott, was hat die Frau Rommé gespielt. Sie ist extra zu ihrer Schwester in die Kreisstadt gefahren um die Nächte dort durchzuspielen.

Das war ihre Art der Beschäftigung mit sich selbst und natürlich auch mit ihrer Familie.

Später kam dann auch das Fernsehen in ihr Leben. Regelmäßig am Abend. Nicht aber, wenn sich die Gelegenheit zum Rommé ergab.

Insgesamt habe ich den Eindruck, dass meine Großeltern, trotz schwieriger Kriegsjahre und der nicht leichten

Jahre nach dem Krieg, auf ihre Weise zufrieden waren. Sie hatten wenig und waren doch glücklich. Sie hatten sich und wussten etwas mit sich anzufangen.

So gesehen, halte ich ein bloßes sitzen vor dem TV als bedenklich. Anton ist krank? Deshalb muss aber nicht Bianka leiden. Sie spricht darüber …

Bis bald

Chandrashekara

Tod der Oma

Lieber Chandrashekara,
eben kam die Nachricht vom Tod deiner Oma.
Ich bin sprachlos.

Als mein Großvater starb, war ich noch sehr jung.

Meine Oma erzählte mir, dass Opa von uns gegangen ist. Ich verstand dies nicht. Warum lässt er uns allein? Opa sei im Himmel. Ich sah zu den Wolken und stellte mir vor, wie er von dort oben immer runter schaute und auf uns achtgab.

Später erzählte mir jemand, wenn man stirbt, geht der Sterbende durch eine Tür und schließt sie. Er kann durch diese Tür nicht zurück kommen, er führt aber seinen Weg fort, anders und von hier aus nicht zugänglich.

Wenn wir sterben, gehen wir vielleicht durch eine andere Tür und werden uns wahrscheinlich nicht wiedersehen.

Hinter der Tür geht es aber weiter ... da bin ich mir ganz sicher!!!

Ich habe deine Oma nicht kennengelernt. Trotzdem bin ich sehr traurig über ihren Tod. Meine Gedanken sind bei dir. Meine Gedanken sind aber auch bei meinen Verstorbenen. Mögen sie deine Oma im „Himmel" gut aufnehmen.

In solchen Stunden soll uns immer noch mehr bewusst sein, wie dankbar wir für jeden Lebenstag sein können.

Genießen wir das Leben! Jeden Tag! Und lassen wir uns die kostbare Zeit nicht versauern von äußerst unbequemen Erdbewohnern!

In Liebe und mit tiefsten Mitgefühl

Elisabeth

Isolation

Lieber Chandrashekara,
ich habe in einer Zeitung gelesen, dass Außenseiter zu sein, körperliche Beschwerden auslösen kann.

Ein Blickkontakt kann das Gefühl des Dazugehörens fördern oder aber auch abweisend wirken. Bleibt der Blickkontakt gar aus, fühlt man sich verletzt. Wie Luft behandelt zu werden, macht den Menschen unsichtbar, er verblasst, er bekommt Schmerzen, er fühlt sich ausgestoßen, darf nicht dabei sein.

Diese Missachtung erzeugt in den Gehirnregionen die gleichen Signale wie starke Schmerzen.

Dieses ständige Gefühl des nicht gewollt seins, wenige soziale Kontakte zu haben, kann uns bis zu 15 Jahren leben kosten. So schreibt jedenfalls die Zeitung.

Ich stelle dagegen, wenn ich mich den anderen aufzwänge, attackieren die mich, wie ein entflohener Papagei von einheimischen Vögeln angegriffen wird.

Jedenfalls brauchen wir, um gesund zu bleiben, gute soziale Kontakte und eine ganze Menge Anerkennung. Mir liegen die Anderen im Magen.

Wie kann ich das Mobbing-Gefühl sonst beschreiben.

„DIE", die Anderen, sitzen mir im Nacken.

„DIE" haben Besitz von mir genommen.

„DIE" kreisen auf meiner Gedankenautobahn, katapultieren sich langsam auf einer Spirale nach oben, gleich holografischen Gespenstern. Ein wucherndes Gespinst, jeden Gedanken vergiftend, Gefühle vereisen und Wut und Aggression entsteht.

Jeden Augenblick in meinem Leben vergiften „DIE".

„DIE" demontieren mich.

„DIE" verfolgen mich im Schlaf.

„DIE" kreisen in meiner Mitte, in meinem Bauch.

„DIE" nehmen Besitz von mir.

„DIE" rumpeln in mir gleich einer Waschmaschine und ab und zu kommt der Schleudergang, dann wird mir übel und ich muss in den „Waschraum".

„DIE", die Gespenster, haben die Eigenschaft sich zu verdoppeln und dann verdoppeln sie sich wieder und „DIE" werden immer mehr.

„DIE" sitzen in unseren Körpern, ja „DIE" sitzen nicht nur bei mir.

„DIE" sitzen auch bei anderen und keiner gibt es zu, dass ihnen übel wird von der Fremdbesetzung.

„DIE" kann ich nur von ganz weit weg ertragen, ein Büro ganz weit weg und die totale ISOLATION.

HILFE!

Deine traurige Elisabeth

Warum gerade ich?

Lieber Chandrashekara,
noch immer kann ich es nicht begreifen, warum ausgerechnet mir DAS passiert. Ich bin einfach nur sprachlos darüber, ich bin in einer Art geschockt, erstarrt und stehe starr vor den Scherben meiner Arbeit/meiner Person. Ich kann es einfach nicht begreifen, ich dachte immer so etwas passiert den Anderen und nicht mir. Und die Anderen sind nicht ganz unschuldig an so einer Mobbingsituation. Ich die kontaktfreudige, äußerst beliebte, gern gesehene Freundin und ich, der gute Mensch. Ich kann es nicht ertragen.

Als nächstes denke ich, vielleicht werde ich bestraft, weil ich nicht richtig hingehört habe, als Heidi mir ihr Leid über das Mobbing an ihrer Person geklagt hat. Naja, habe ich gedacht, Heidi ist ja auch nicht ganz unkompliziert und wie man in den Wald hineinruft, so schallt es heraus oder „dazu gehören ja immer zwei".

Ich habe vor Jahren ein Deeskalationstraining besucht. Von dort kam ich zurück mit einem Leitspruch: „Jeder nicht geführte Kampf ist ein gewonnener Kampf".

Ich glaube, ich habe da etwas falsch verstanden! Auf der körperlichen Ebene, also wenn mir ein, so nehmen wir mal an, ein starker Boxer gegenübersteht und der mich angreift, ist es vielleicht schlauer, den Kampf nicht zu eröffnen und sich irgendwie aus der Situation zurückzuziehen. Friedlich zu leben, heißt aber nicht, sich alles gefallen zu lassen!

Kämpfen um seinen Platz im System. Sich nicht die Butter vom Brot nehmen zu lassen. Mein Gott, ich vertrage gar keine Butter.

Ich blättere in alten Büchern.

Ich lese Strategie.

Ich lese Diplomatie.

Ich lese Intrige.

Ich finde aber das Wort Mobbing nicht.

Wie alt ist das Buch wohl?

Jedenfalls gibt es das Wort Mobbing nicht in einem DDR-Lexikon aus dem Jahr 1982.

Aber das Wort Mob wird darin erklärt. Es sei ein randalierender Haufen von Menschen.

Sehen wir mal bei dem Wort Stress nach, das Wort kannte ich als Kind gar nicht. Treffer!

Streß- also damals noch mit ß- jetzt doppeltes s- deshalb doppelt so stressig. Also DDR-Streß ist eine Vielfalt von körperlichen, nervlichen und seelischen Belastungen, die besonders zu Herz- und Kreislaufkrankheiten führen.

Aber zurück zu dem nicht geführten Kampf, also ich werde angegriffen mit Worten und lächle nur als Antwort. Mein Gegenüber greift weiter an. Ich bleibe ruhig, es kocht in mir. In mir bläht sich etwas auf, ich schlucke den Ärger herunter, ich schlucke und schlucke, ich unterdrücke und unterdrücke und irgendwann „platze" ich.

Meine Freundin würde sagen: "Aufpassen! Nicht das man sich innerlich was heranzüchtet."

Deine Elisabeth

Schreibwut

Lieber Chandrashekara,
meine Sprachlosigkeit bezieht sich auf sprechen. Ich leide nicht an Schreiblosigkeit und ich bin gewillt, mir meine Wut, meine Traurigkeit, meine Verzweiflung nieder zu schreiben. Ich werde es in die Welt hinausschreiben.

Nicht „Proletarier aller Länder vereinigt Euch", sondern „Menschen aller Länder vereinigt Euch, zum Wohle der Menschheit und nicht zu Verdummung."

Lass es Dir richtig gut gehen und lebe, lebe, lebe... und liebe, liebe, liebe.

Und denk daran, der wichtigste Mensch ist immer genau der Mensch, der vor Dir steht.

Und ab und zu in den Spiegel sehen, nicht vergessen!

Alles Liebe

Deine Elisabeth

Schreib weiter!

Liebste Elisabeth,
ich weiß, dass du darauf wartest, dass ich dir etwas schreibe. Aber du bist nicht untätig gewesen, und das ist es, worauf es ankommt. Den Stillstand vermeiden.

Es ist mir nicht verborgen geblieben, dass du in der Zwischenzeit eine Menge geschrieben hast und deine Ideen geordnet hast. Wenn du richtig hingehört hast, habe ich dir aufmunternde Worte zwischendurch schon mit auf den Weg gegeben.

Vielleicht haben alle Schmerzen deines bisherigen Weges dazu gehört, um so weit zu kommen, wie du jetzt bist. Ich denke einerseits daran, dass Menschen nicht alles so einfach lernen, wie wir uns das Lernen vorstellen. Natürlich kann man Vokabeln lernen oder bei entsprechendem Vorwissen und Eifer auch umfangreichere Sachverhalte sich durch Selbststudium aneignen. Aber das meine ich nicht. Die gemeinen Dinge des Lebens sind es, die sich so einfach nicht erlernen lassen. Immer wieder müssen wir erst an eine Grenze stoßen, uns verletzen oder auch mal länger leiden, bevor wir einen anderen Weg einschlagen. Vielleicht war es dein Weg, um zu begreifen, dass das Schöpferische jetzt an der Zeit ist.

Es ist ja bekannt, dass es zahlreiche Menschen gibt, die, bevor sie auf schöpferischem Gebiet erfolgreich wurden, arg gelitten haben. Aber auch dann noch leiden schöpferische Menschen, bevor sie ihre Äußerungen finden. Der letzte Satz ist dann auch schon das andererseits gewesen.

Wenn es auch noch so manche Kraft auf deinem Weg erfordert, bis alles die Form hat, wie sie dir gefällt, so ist das normal. Die Ausdauer wünsche ich dir. Das Schreiben erlernt man schließlich beim Schreiben. Ein Studium zum Schriftsteller ist mir nicht bekannt. Wirklich gute Schriftsteller erarbeiten sich dies selbst. Angelerntes Wissen ist da möglicherweise nur hinderlich. Indem du schreibst, wie du denkst und fühlst, erzählst du das gelebte Leben. Nur hast du als Autor die Freiheit, darüber zu reden, worüber man sonst unter Strafe nicht redet. Das sind die Freiheit und die Kunst in einem. Gedanken und Gefühle so in Worte zu fassen, dass sie von anderen nachempfunden werden können. Und die höchste Form, Leser auf diesem Weg der Möglichkeiten mit zu nehmen. Viel Spaß dabei.

Umso schreiben zu können, muss man in seiner Unzufriedenheit sehr aufmerksam sein und doch im Herzen ein freundlicher Mensch sein, dessen Neugier auf das Leben in all seinen Erscheinungsformen niemals zu befriedigen ist.

Du hast von alledem etwas.

Chandrashekara

Die Zielvereinbarung

Lieber Chandrashekara,
wie ich Dir erzählt habe, nahm ich an einem Zielvereinbarungsgespräch mit Frau Kaiser teil.

Sie meinte, sie hätte keine Idee, was ich für ein Ziel erreichen könnte und legte mir so durch die „Blume" auf den Tisch, dass ich doch auf die Zielvereinbarung verzichten sollte. Du sollst wissen, dass an einer Zielvereinbarung eine Menge Geld hängt, wenn man das Ziel erreicht.

Ich hatte ihr Vorgehen geahnt, mich gut vorbereitet und konnte gleich kontern.

„Ich dachte an eine Dokumentation zu…", sagte ich.

Sie fiel mir ins Wort, „nein, das ist zu einfach für sie, es soll ja etwas Besonders sein."

„Als zweites Ziel stelle ich mir vor eine Präsentation zu…", sagte ich etwas eindrücklicher.

Auch hier unterbrach sie mich, mit einem grinsendem „Nein".

„Ich kann diese … und jenes tun."

Doch umso mehr ich engagiert meine Themen vorgab, umso abweisender wurde sie.

Ich wusste genau, wenn sie nicht will, dann will sie nicht.

Mein Gerechtigkeitssinn wurde verletzt und ich kämpfte weiter.

„Frau Kaiser, vielleicht könnte ich einen Artikel zu Mobbing schreiben."

Sie rang um Luft, sie wurde grün vor Wut und schrie mir entgegen, „was bilden sie sich ein, glauben sie ernsthaft, dass ich sie mobbe."

„Frau Kaiser, so hören sie doch, ich habe ganz allgemein gesagt, ich könnte einen Artikel zum Thema Mobbing schreiben. Außerdem habe ich ihnen bereits wiederholt gesagt, dass ich von den Mitarbeitern ausgeschlossen werde. Und selbst sie haben in die Personalunterlagen eingeschrieben, dass Frau Grün den Wunsch äußert, wieder in ein Team integriert zu werden."

„Ich breche an dieser Stelle das Gespräch ab, sie werden von mir ein Thema vorgegeben bekommen, auf Wiedersehen, sie können gehen."

„Kann ich mich darauf verlassen?"

„Na, hören sie mal, dafür stehe ich mit meinem Wort. Etwas mehr Vertrauen. Auf Wiedersehen."

Die Wochen vergingen.

Gestern Morgen bekam ich einen Anruf vom Betriebsrat. Bei der Überprüfung der vorliegenden Zielvereinbarungen des Unternehmens wurde festgestellt, dass für mich keine Zielvereinbarung und auch keine Verlängerung der Abgabefrist vorliegt.

Darüber war ich sehr erschrocken, zumal mir die Kaiserin versprochen hatte, ich kann ihr Vertrauen und sie wird diese Dinge für mich regeln.

Wie schade, dass bedeutet für mich, wenn die Abgabefrist nicht gehalten wird, dass ich so ca. 500 Euro im nächsten Jahr weniger habe.

Das eine ist das Geld, aber das andere ist diese Gemeinheit.
Ich habe mich wieder von der Kaiserin einlullen lassen.
Dieser Zielvereinbarungsabschluss ist Aufgabe der Leitung.

Ich schrieb eine E-Mail.

Sehr geehrte Frau Kaiser,

gemäß unserer Absprachen wollten Sie das gestellte Ziel an die Personalabteilung und an den Betriebsrat schicken.
Bitte denken Sie an die Abgabefrist der Zielvereinbarung. Der Termin (31.12.) ist zwingend einzuhalten oder aber ein Antrag auf Verlängerung zu stellen.
Meines Wissens wurde ein Antrag auf Verlängerung bisher nicht gestellt.

Beste Grüße

Elisabeth Grün

Wie ich im Computer verfolgen konnte, hat Frau Kaiser die E-Mail geöffnet.
Also nur Mut und tief durchatmen und ran an das Telefon.

Es klingelt und klingelt. Erst einmal geht niemand an das Telefon. Sie sieht meine Nummer auf ihrem Telefon und nimmt wahrscheinlich deshalb nicht ab.

Da fällt mir ein, dass ich über die Zentrale Telefonvermittlung gehen kann. Ich werde dann verbunden und sie sieht auf ihrem Apparat meine Nummer nicht. Ich wähle an und die Vermittlung verbindet mich.

Die Chefin nimmt ab, und redet mit irgendjemand im Hintergrund weiter.

„Hallo, Frau Kaiser? Hallo, hören Sie mich? Hallo?"
Schweigen.

„Hallo Frau Kaiser, hier ist Frau Grün. Kann ich sie kurz stören?"

„Ja."

„Ich habe eine Nachricht erhalten, dass keine Zielvereinbarung vorliegt und auch keine Verlängerung beantragt wurde..."

Sie fällt mir in das Wort.

„Ja, ich habe ihr E-Mail gelesen. Ich werde es erledigen. Eine schöne Zeit noch." Und damit war das Gespräch beendet.

Ich konnte gar nichts mehr sagen. Weder „Danke", noch „Schöne Weihnachten", noch „Auf Wiederhören".

Da saß ich nun, abgefertigt und erschrocken. Auch war ich sauer. Die Gedanken laufen in die Zukunft, wie kann ich mit so einem Menschen weiterarbeiten? Zu lachen habe ich da nichts mehr. Ich wurde zum „Abschuss freigegeben". Die Gedanken kreisen.

Stunden später kam ein Anruf vom Betriebsrat. Frau Kaiser hat eine Zielvereinbarung gesendet.

Diese muss jedoch auch von mir unterschrieben werden. Diese Vereinbarung geht heute in die Post zur Unterschrift durch mich. In Anbetracht, dass Feiertage kommen und nur noch zwei Arbeitstage dieses Jahr Zeit ist, wird es sehr knapp. Ich werde mich überraschen lassen.

Jedenfalls habe ich wieder schlecht geschlafen und trotzdem mich durchgesetzt.

Alles Liebe

Elisabeth

Uta, Vorteile und Nachteile

Lieber Chandrashekara,
gestern traf ich Uta, eine ganz, ganz alte Bekannte auf dem Flur an meiner Arbeitsstelle. Wir freuten uns beide sehr über das Wiedersehen.

„Ich habe wenig Zeit", meinte sie und sie kam jedoch kurz mit in mein Büro um sich meine Visitenkarte mitzunehmen.

Etwas verwundert war sie über die Abseitslage meines Büros, schließlich befindet sich das Büro in einer anderen Abteilung am Ende eines Flures und dann wieder am Ende eines Flures. Öffnet man die Tür, schaut man in die Dunkelheit, denn es gibt außer elektrischem Licht wenig Tageslicht. Das Büro ist sehr verbaut. Es gibt keine geraden Wände, überall sind Träger oder „ich weiß nicht was" verkleidet. Außerdem gibt es drei verschiedene Deckenhöhen und ein ganz, ganz kleines Fenster. Dieses Fenster ist schwer zu öffnen, aber da es nicht richtig schließt zieht genug Luft herein. Im Winter ist es sehr kalt. Sieht man aus dem Fenster, blickt man gegen ein Wohnhaus. In diesem Haus wohnen viele alte Leute. Die Rentner haben Zeit und schauen in mein Büro. Ich fühle mich beobachtet. Einige verwechseln das „gaffen", vielleicht mit dem Fernsehen. Reality Show, wer hat das schon direkt vor dem Fenster.

Bei Heinrich Zille, so glaube ich, habe ich gelesen, mit einer Wohnung kannst Du einen Menschen genauso töten wie mit einer Axt.

Mit einem schlechten Büro geht ein Mensch ein, wie eine schlecht behandelte Grünpflanze.

Ich erzählte Uta kurz meine Geschichte, „ich werde hier etwas ausgegrenzt. Das mir so etwas passiert, wo ich doch so kontaktfreudig bin. Nirgends in der Welt ereilt mich so eine Ablehnung wie hier."

Ich erwartete von Uta Verständnis, war sie doch früher eine Vertraute. Doch man soll nichts von anderen erwarten oder denken, die denken wie ich.

Und da sagt sie zu mir: „Naja, meistens ist es ja so, dass die Gemobbten gar nicht in der Lage sind auf die Anderen zuzugehen."

Was war denn das?

Hatte ich da richtig gehört?

Eigentlich hatte ich erwartet, dass sie mich tröstet und nun hatte ich da Unverständnis für meine Situation und ich bekam noch mehr Ärger und Wut in meinen Bauch.

Später wurde mir klar, dass jemand, der nicht in der Situation steckt, gar nicht darüber reden kann, weil der Außenstehende diese unglaubliche Situation nicht nachvollziehen kann.

Ich denke an das Beispiel mit den Indianern in Amerika. Die Indianer schauten jeden Tag über das Meer. Eines Tages kamen die Schiffe der Spanier. Doch die Indianer sahen die Schiffe am Horizont nicht. Nicht weil diese so weit weg waren. Nein, das Muster war im Gehirn nicht angelegt.

Wenn ich aber mit niemand mehr darüber reden kann, dann platze ich irgendwann.

Ich glaube, die arbeitende Bevölkerung mag keine „überschlauen" Leute oder Menschen, die langsam arbeiten und den Arbeitsrhythmus nicht standhalten.

Die Überschlauen wissen zu viel und neigen zu Besserwisserei.

Leuten, die nichts können, vertraut man schneller, sie sind keine Gefahr auf dem Arbeitsmarkt.

Leuten, die was können, traut man nicht. Oder traut man nichts zu. Besser man gibt ihnen nicht die Arbeit, weil sie sonst zu tief in das „Arbeitsgeflecht" blicken und die Wahrheit sehen.

Die Langsamen schaffen die Arbeit nicht, und die anderen Mitarbeiter müssen vielleicht die eine oder andere Arbeit mit erledigen. Man sollte diesen „langsamen" Menschen helfen oder ihnen eine Arbeit geben, die sie bewältigen können.

Die Kranken sind auch unbequem, weil man die Arbeit mitmachen soll und diese Erkrankten ständig vertreten muss. Macht man die Arbeit nicht mit, dann sieht die Statistik der Abteilung schlecht aus.

Kurz gesagt, wer nicht mit dem Mob schwimmt, wird ausgegrenzt und kommt nicht mit in das Rettungsboot und ertrinkt. Wahrscheinlich jubelt die Masse noch beim Untergang.

Der Gemobbte und der Mob gehen gleich einer Schere, einer geöffneten Schere, auseinander. Die Einen gehen in die Richtung, du gehst in die andere Richtung.

Jeder kann jeden Tag vom Mob zum Gemobbten werden. Treffen kann es jeden.

Der dem gemobbten Kollegen hilft, kann auch gleich gemobbt werden.

Ja, inzwischen muss ich auch zugeben, dass das gemobbt werden, auch seine guten Seiten hat, man muss sich bloß erst einmal an eine solche Situation gewöhnen. Also Vorteile:

Kein Smalltalk mehr.

Keine langweiligen Kaffeerunden. Keine Mittagspausen in denen Kochrezepte erörtert werden.

Keine Beteiligung an gemeinsamen Freizeitaktivitäten, welche ich sowieso nicht mag.

Keine Beteiligung an Geldsammlungen für Geburtstage und Jubiläen.

Keine geheuchelten Danksagungen für furchtbare Geburtstagsgeschenke.

Ich muss niemanden mehr zum Kaffee einladen und sogenannte „Runden" ausgeben, wobei die Kollegen sich übertreffen wollen. Das kostet eine Menge Geld, weil man sich nicht lumpen lassen will.

Ich kann in meiner Pause über meine freie Zeit verfügen. Ich kann ein Buch lesen oder spazieren gehen.

Keiner kommentiert sarkastisch meine vegetarischen Essgewohnheiten.

Ich darf die Pause einhalten und muss nicht, aus Angst ein Spielverderber zu sein, länger an den Pausentischen sitzen.

Ich bin an der Klatschmaschine nicht mehr angeschlossen. Vieles geht an mir vorbei. „Was ich nicht weiß, macht mich nicht heiß."

Manchmal ist dies zwar auch schlecht, denn: „An jeden Gerücht, ist auch immer ein bisschen Wahrheit."

Auch kann ich mich nicht mehr über irgendwelche blöden oder abfälligen Bemerkungen ärgern.

Ich lebe einfach viel ruhiger.

Außer die Anderen lassen dich nicht in Ruhe.

Eines Tages saß ich in meinem Büro, da hat es an meiner Tür gerumpelt. Auf ein freundliches „Ja, bitte" kam keine Reaktion. Als ich die Tür öffnete, hatte jemand, irgendjemanden, den Küchenmülleimer vor meiner Tür ausgeleert.

Frage: War es ein Mitarbeiter oder ein Kunde?

Von der Kicherei hinter den verschlossenen Bürostuben, kann ich nur mutmaßen, es waren die „netten" Kollegen.

Ich habe den Müll wieder weggeräumt, ohne dies an die große Glocke zu hängen. Heute würde ich erst einmal ein Foto machen.

Damals stand ich einfach nur unter Schock.

Der „Buschfunk" hat später getrommelt. Der Mob hat den Müll vor mein Zimmer geschüttet, weil irgendetwas in den Mülleimern nicht richtig getrennt war. Da alle

Mitarbeiter so klug sind, und Fehlwürfe somit ausgeschlossen sind, kann ich es nur gewesen sein. Deshalb hat jemand den Müll vor mein Zimmer geschüttet.

Nachteil:

Ich habe keine Grünpflanzen im Büro, weil ich niemand fragen kann, wenn ich mal nicht im Büro bin, aus Gründen wie Urlaub oder Krankheit, ob er die Pflanzen gießt.

Ich kann nie mein Pausenbrot oder anderes Essen liegen lassen, denn wenn ich den nächsten Tag vielleicht nicht ins Büro komme, weil ich vielleicht krank bin, kann ich nicht zu einer Kollegin sagen: „Kannst Du bitte mal aus meinem Schrank das Pausenbrot nehmen und in den Mülleimer schmeißen? Danke."

Wir haben eine Küche an der Arbeit. Gut ausgestattet mit Mikrowelle, Kühlschrank und Geschirrspüler.

Ich kann mein Essen nicht mehr in den Kühlschrank legen, weil mir in meinen offenen Joghurtbecher ein „nettes" Tier gelegt wurde.

Einer anderen Kollegin wurde Geschirrspülmittel in den Saft gekippt.

Ich mag den Geschirrspüler nicht, weil eine Kollegin eine Straßenkatze vor dem Verwaltungsgebäude füttert. Die Fressnäpfe von der krank aussehenden Katze werden gemeinsam mit dem Geschirr dann im Gemeinschaftsgeschirrspüler gespült. Lecker.

Stellt man sein Auto auf den Gemeinschaftsparkplatz wird der Lack zerkratzt, einfach mal im Vorbeigehen wird der Schlüssel langgezogen, mehrmals, an verschiedenen Tagen oder die anderen Autotüren so dagegen geschlagen, dass eine Kerbe in der Tür entsteht.

Nach einem Abenddienst waren dann alle Reifen zerstochen, ich habe mich gewundert warum heute mein Auto so tief liegt. Eine Anzeige gegen unbekannt. Einstellung durch die Staatsanwaltschaft.

Nach einem anderen Abenddienst waren alle Marken-Radkappen weg.

Anzeige gegen unbekannt. Einstellung durch die Staatsanwaltschaft.

Mein Telefon klingelt, unterdrückte Rufnummer, ich hebe ab, es wird aufgelegt.

Mein Handy klingelt, ich hebe nicht ab, bei unterdrückter Rufnummer. So kann ich mich schützen. Aber neugierig bin ich und es beschäftigt mich.

Mein Handy klingelt auch nachts. Ich stelle es ab.

Meine Post verschwindet im Gewühl der Hauspost.

Die Sekretärin entscheidet selbständig, ob sie Lust hat, meine Post weiterzuleiten.

Ich frage immer wieder telefonisch nach bei Frau Washamseden.

„Post wird schon irgendwann kommen", sagt dann die genervte Sekretärin mit ihrer quakenden Stimme.

Eines Morgens starte ich meine Arbeit, mache den Computer an und finde auf dem Laufwerk meine gesamten Dateien nicht mehr. Jahrelange Arbeit ist verschwunden.

Ich rufe beim Computer-Service an.

„Ja, wahrscheinlich haben sie es einfach nur verschoben oder gelöscht", sagt der Mitarbeiter.

„Mhhhhmmm… Nein, kann nicht sein."

„Okay, machen sie sich keine Sorgen, wir finden die Dateien, ansonsten gibt es Sicherheitskopien vom Vortag, dann hätten sie nur einen Tag Arbeit verloren."

Sicherlich nur ein Zufall.

Später ruft der Computermensch an, „Okay, ich habe alle Dateien gefunden. Ihr gesamtes Verzeichnis war verschoben in das Verzeichnis/Ordner der Sekretärin. Wie es dort hinkommt? Kann ich ihnen nicht sagen, vermutlich hat jemand daran gearbeitet. Ob es die Sekretärin war, kann ich ihnen nicht sagen."

Ein wirklich „gutes" Gefühl, irgendwie komme ich mir gerade ziemlich überwacht vor.

In meiner Erinnerung ist auch ein schlechtes Spiel mit meinen Arbeitsberichten.

Es war einmal. Nein, das ist kein Märchen. Mein jährlicher Arbeitsbericht war fertig und zum Versenden per E-Mail bereit. Oh, wie froh bin ich, dass ich noch einmal darüber gesehen habe.

Mitten im Text stand: Du bist doof.

Sicherlich hätte der Computerservice den Übeltäter finden können, aber wenn man viel Wind in das Feuer bläst, brennt es heftig. Manchmal geht es aber auch aus.

Dem Mob weniger Beachtung schenken, ist nicht immer klug. Ich sollte schon kämpfen, wenigstens für meine Selbstachtung. Aber an manchen Tagen hat man einfach keine Kraft mehr oder keine Lust mehr, sich gegen die Anderen zu stellen.

Ich schreibe hier immer von den Anderen, ich weiß nicht wie viele Personen an dem Mobbing und der schrittweisen Zerstörung meiner Person beteiligt sind.

Liebe hoffnungsvolle Grüße

Elisabeth

Der Therapeut

Lieber Chandrashekara,
soweit ist es mit mir jetzt schon gekommen. Nachdem ich wegen meinen nächtlichen „Ruhestörungen", sprich meiner Schlafstörungen, jetzt schon viele Untersuchungen durch hatte, schickte mein Hausarzt mich zu einem Psychiater. Dieser Psychiater hatte eine neue Praxis eröffnet und noch viele Termine frei, so meinte der Hausarzt.

Einen Termin bei einem Psychiater zu erhalten, ist schon wie ein Hauptgewinn im Lotto. Ich habe einmal hier in meiner Stadt über zwei Jahre auf ein Gespräch mit einem Psychiater gewartet. Die Hilfe für mich war nötig, weil meine Mutter gerade verstorben war. Zwei Jahre später habe ich das Gespräch nicht mehr benötigt. Pflichtbewusst wie ich bin, nahm ich den Termin trotzdem wahr. Das damalige Gespräch dauerte auch nur 10 Minuten, auf keinen Fall länger. Dann zückte der Psychiater ein Rezept und meinte, ich müsse jetzt eine sehr lange Zeit dieses stimmungsaufhellende Medikament einnehmen, welches jetzt gerade neu auf unserem Markt erhältlich ist. In den USA hätte man gute Erfahrungen damit gemacht. Ich wehrte das Rezept ab, da ich eigentlich vor zwei Jahren eine Gesprächstherapie machen wollte, wenn überhaupt. Er meinte, er wäre der Arzt und er könne über mein Leben bestimmen. Da hat er sich aber getäuscht. Er sah mich nie wieder.

Diesmal wartete ich nur ein halbes Jahr auf meinen Termin. Dann war es endlich so weit. Ich hatte das erste Zusammentreffen mit dem Psychiater und er meinte, ich brauche keine Therapie, dafür hätte er auch keine Zeit, ich brauche eine andere Arbeit.

„Die wollen sie dort nicht."

Die „Hilfe" von Doktor Max war „Klopfen" sie sich ihre Probleme weg. In einer 10 minütigen Konsultation beim Arzt erklärt der Doktor mir 5 Minuten Klopfen nach Franke.

„Ohne Vorkenntnisse hat man da gar keine Chance, etwas zu verstehen. Ich habe vor Jahren in einem Wochenendkurs zwei Tage lang diese Methode geübt.", kommentierte ich unser Vorgehen.

„Na, sehen sie, ich kann ihnen auch nur Impulse geben."

Ich habe dem Psychiater wiederholt meine Situation erläutert.

„Wo soll denn das hinführen?", fragte er mich.

„Ich weiß es nicht, ich brauche eine Therapie."

„Ach, quatsch die Anderen brauchen eine Therapie."

„Entweder sie schmeißen den Job hin und suchen sich was anderes oder sie werden krank. Aus meiner Erfahrung ist die Situation in dem Stadium, wo nichts anderes mehr geht. Wenn sie dann krank gemacht worden sind von den Anderen, dann werden sie irgendwann befristet berentet. Wir können doch nicht alle in Rente gehen, nur weil ein paar „Verrückte" es nicht lassen können, andere Menschen zu quälen!"

Liebe Grüße

Elisabeth

Die Rückkehr von Uta

Lieber Chandrashekara,
heute bekam ich Besuch von Uta.
Sie trat in mein Büro und meinte, sie wolle noch einmal mit mir über meine Situation reden.

„Es hat mich beschäftigt, wie es Dir hier so geht. Denke darüber nach, du verbringst eine Menge Zeit an der Arbeit. Findest du nicht etwas anderes?"

Sie erzählte mir ihre Geschichte. 2005 war sie an Brustkrebs erkrankt und hat diesen überlebt. Viele ihrer Leidensgefährtinnen starben. Seither findet sie keine Arbeit mehr. Inzwischen ist sie 61 Jahre alt. Als letztes hatte sie eine Arbeit über eine sogenannte Maßnahme bei einer Wohlfahrtsorganisation.

Die Arbeit war eigentlich gut, aber sie hatte eine böse Chefin, welche sie mobbte.

Uta hatte jeden Tag Angst zur Arbeit zugehen: „Ich stellte mir jeden Tag die Frage, was lässt die Chefin sich heute wieder einfallen."

Lange Zeit hat Uta gedacht, sie ist nicht okay. Mit Hilfe eines Therapeuten hat sie es geschafft, zu akzeptieren, dass sie in Ordnung ist.

„Heute", so sagt sie, "heute denke ich, dass die Chefin einfach Probleme hatte. Sie ist ein verzogenes Einzelkind, was nie gelernt hat, sich in soziale Gefüge einzubringen. Sie war weder in einer Kindergrippe, noch in einen Kindergarten. Ich habe vier Schwestern."

Hatte ich bei ihrem letzten Besuch etwas falsch verstanden?

Ich fühlte mich angegriffen, obwohl sie es vielleicht gar nicht so gemein hat.

Bin ich zu sensibel geworden, wird meine Haut dünn?

Oder hat sie einfach wirklich nur darüber nachgedacht, was sie mir gesagt hat, war nicht in Ordnung.

Ich weiß es nicht.

Oder? Verstecken sich viele Menschen hinter einer Fassade und wollen über ihr ertragenes Leid nicht reden, aus Angst nicht verstanden zu werden?

Wie viel Angst sind sie bereit hinzunehmen?

Wie viel Angst sind sie bereit zu ertragen?

Eine Maske bei Uta ist gefallen.

Nun ist sie Hartz IV – Empfängerin. Geht sie jetzt schon in Rente, dann werden ihr 18 % von der Altersrente abgezogen und das kann sie sich nicht leisten.

Sie sagt: „Ja, Hartz IV ist nicht so schlimm, wenn es dann mal gezahlt würde. Ich habe seit Monaten kein Geld bekommen. Der Antrag ist bei der Behörde liegen geblieben und bisher nicht bearbeitet. Ich weiß gar nicht, wie ich das jetzt machen soll."

Ja, da kann ein soziales System noch so gut sein, es fallen immer wieder Menschen durch das Netz.

Elisabeth

Das Gesundheitsmanagement der Firma

Lieber Chandrashekara,
entschuldige, dass ich mich einige Tage nicht gemeldet habe. Ich bin zum Meer gefahren, um mir dort richtig Wind um den Kopf blasen zu lassen, um einfach wieder frei denken zu können.

Dies ist mir gut gelungen. Die Ruhe hat mit gefehlt und ich habe nach Monaten wieder richtig tief und fest geschlafen.

Zuhause verfolgen mich die „netten" Kollegen und die Chefin im Schlaf.

Manchmal denke ich, wenn die wüssten, was sie den Ausgegrenzten eigentlich antun, dann könnten sie doch auch nicht mehr schlafen.

Daniela, eine Kollegin, und Lisbeth, eine andere Kollegin haben sich etwas angetan. Ja, die wollten sich das Leben nehmen. Bei den Beiden hat es, Gott sei Dank, nicht geklappt.

Ein anderer Kollege ist nach Übergriffen seiner netten Kollegen gegen ein Auto gelaufen. An den Folgen ist er verstorben.

Eine weitere Kollegin ist nach dem Streit mit der Chefin auf dem Heimweg unter einen LKW gefahren. Unfall. Nach der Genesung hat sie die Arbeitsstelle durch Umsetzung in andere Filiale verlassen.

Zwei Kolleginnen haben gekündigt nach ewig langen Quälereien, und leiden heute noch an den Folgen. Sie sind berentet, weil der Mob ihnen keine Frieden gegönnt hat.

Wenn sich dann jemand das Leben genommen hat, „ach, hätte er doch etwas gesagt. Da muss man sich ja nicht gleich umbringen. Ich bin jedenfalls nicht schuld!"

Ich habe ja mal versucht, ganz am Anfang, etwas zum Mobbing zu sagen. Bei dem Wort Mobbing werden die Anderen richtig böse, als würde man sie bedrohen.

Ich erinnere an den Ausspruch meiner Chefin: „Sie sind hier zum Arbeiten und nicht zum Kaffee trinken."

Nicht die anonyme Masse, nicht ein Mann, mit doppelt n, aber ein man, jeder Einzelne, der da mitspielt, macht sich schuldigt. Ich will Dir noch etwas schreiben über mein Erlebnis mit dem Gesundheitsmanagement.

Ich komme aus dem Urlaub nach Hause und finde einen Brief von meinem Arbeitgeber vor:

„Sehr geehrte Frau Grün,
wie ich erfahren habe, sind Sie leider längerfristig erkrankt.

Ich möchte mich auf diesem Wege nach Ihrem Befinden erkundigen und Ihnen gute Besserung wünschen.

Beiliegende Befreiung von der Ärztlichen Schweigepflicht bitte unterschrieben an mich zu senden.

Ich hoffe, dass es Ihnen gesundheitlich bald wieder besser geht…"

Ich bin erst mal sprachlos.

Ich bin arbeiten, ich sitze isoliert im Abseitsbüro, da merkte keiner, dass ich so eine Art „vergessene Mitarbeiterin" bin. Kaum fahre ich in den Urlaub, bekomme ich so ein Schreiben vom Gesundheitsmanagement der Firma, welches meint, ich liege krank im Bett.

Der Erholungswert meines Urlaubs war gleich verschwunden. Ich habe mich so geärgert und ich war total wütend.

Natürlich habe ich mich beschwert über diese Vorgehensweise.

Das Resultat war ein Erklärungsschreiben:

„Sehr geehrte Frau Grün,

im Rahmen des betrieblichen Wiedereingliederungsmanagement hat jeder Beschäftigte Anspruch auf eine Wiedereingliederung."

Ja, was soll denn das nun wieder.

Ich habe mich schon wieder geärgert, wurde auch wieder wütend und habe schriftlich angefragt, was die falschen Formulierungen bezwecken sollen. Des Weiteren erwartete ich eine Entschuldigung.

Vielleicht meinte sie Wiedereingliederung der Gemobbten.

Inzwischen liegt eine Entschuldigung vor:

„Im Nachhinein stellt sich natürlich heraus, dass das an Sie gegangene formalisierte Schreiben nicht zutreffend ist. Insofern bitte ich Sie, dies zu entschuldigen."

Natürlich habe ich mich dem verlangten Gespräch gestellt und natürlich konnte die Gesundheitslady aus meinen Worten klar und deutlich erkennen, was hier läuft.

Ich wollte ja auch nicht jammern oder mich in die Opferrolle begeben. Im Gespräch habe ich bewusst das Wort

„Mobbing" nicht verwenden, weil ich immer wieder die Hysterie meines Gegenüber bei diesem Wort erlebte.

Eine Veränderung nach dem Gespräch habe ich nicht bemerkt.

Was danach unterschwellig zum Brodeln kam, weiß ich nicht, weil ich ja vom „Kaffeeklatschen" befreit bin.

Neidisch? Was meinst Du? Neidisch bin ich nicht auf die Kaffeerunde.

Obwohl ich mich manchmal lieber dazwischen setzen würde, nur um meine Ruhe zu haben. Immer mal nicken und sagen, oh, wie schön.

Ich will mich einfach nicht ausgrenzen lassen.

Ich will mir nicht immer wieder die Frage stellen, was habe ich „ausgefressen" und warum bin ich in den Knast gekommen.

„Gehe in das Gefängnis, gehe sofort dorthin, gehe nicht über Los."

Traurige Grüße von mir

Deine Elisabeth

Gemeinschaft

Lieber Chandrashekara,
ich habe heute einen Vortrag gehört, mit der Fragestellung: Wie viel Gemeinschaft braucht das Individuum?

Das menschliche Gehirn ist ein soziales Organ. Der Mensch ist ein soziales Wesen.

Darf er nicht zur Gemeinschaft gehören, fühlt er sich ausgegrenzt und fühlt Schmerzen, als ob er verprügelt wurde.

Es sollte eine Möglichkeit geben, eine Balance zwischen Individuum und Gemeinschaft zu finden.

Ich wurde als singuläres Wesen in eine Familie geboren, in diese Gemeinschaft. Habe ich sie mir ausgesucht?

Es gibt freiwillige Gemeinschaften, wie die Familie, wenn sie es denn war, der selbstausgewählte Chor oder unfreiwillige Gemeinschaften wie Kinderkrippe, Kindergarten, Schule, Arbeitsstelle und so weiter.

Kinderkrippe kannte ich nicht.

Ich wollte nie in den Kindergarten. Drei Kindergärtnerinnen zogen an mir, um mich in den Kindergarten zu bekommen. Mein Vater schob mich hinein. Ich fand es einfach nur furchtbar. Jedes Kind hatte einen Garderobehaken mit einem kleinen Bildchen zur Wiedererkennung. Neben meinem Haken war ein Eimer. Ein leerer Eimer, nicht ein Eimer voller Blumen.

Meine Mutter hat immer gesagt, dass die Kindheit zu Ende ist, mit dem Beginn der Schulzeit. Ja, ich stimme ihr zu. Sie hatte Recht, meine Kindheit war zu Ende. Seither stehe ich im Leben und muss mich täglich beweisen. Manchmal habe ich so den Eindruck, ich muss mir eine Daseinsberechtigung erkämpfen.

Wann kann ich endlich ich selbst sein? Und wann weiß ich, wer ich eigentlich bin.

In diesem gehörten Vortrag verwies der Referent darauf, dass unser Gehirn ein soziales Organ ist und sich über die Erfahrungen aus allen Beziehungen entwickelt.

Schon nach der Geburt sind wir auf Hilfe angewiesen. Wir stehen nicht auf und laufen los und holen uns aus dem Kühlschrank etwas zu essen. Wir können nicht allein leben, wir sind miteinander verbunden, obwohl uns die Gesellschaft vermittelt: Single sein ist schön.

Ausgrenzung erzeugt Schmerz. Wer nicht dazu gehören darf, empfindet ähnlichen Schmerz, als würde er einen Schlag bekommen, eine Ohrfeige.

Allein ein schlechter Gedanke reicht aus, unsere Gehirnstrukturen zu verändern. Ich muss mir nicht die Finger verbrennen, sondern allein der Gedanke daran, lässt mein Gehirn Schmerz signalisieren.

Auch wenn ich mir ständig Mut zuspreche, empfinde ich Wut über den Blödsinn, der in Sonnenschein läuft.

Jedenfalls leide ich in der Art unter der Ausgrenzung, dass ich jetzt im Büro Selbstgespräche führe. Manchmal laut, aber meistens nur in Gedanken.

So, jetzt mache ich dies und dann das. Und eins, zwei, drei … fertig. Das habe ich doch fein gemacht.

Auch mein Outfit lässt zu wünschen übrig. Ja, was soll ich mich "aufdonnern", es sieht mich doch keiner. Ich betrete morgens um 6 Uhr das Bürohaus. Meistens bin ich dann mit der Pförtnerin allein. Also Bürotür auf und hinein. Zwischendurch mal im Mantel an die frische Luft in der Mittagspause oder einfach mal in den Waschraum. Kundenbetrieb habe ich auch nicht, nur per Telefon und per E-Mail. Ich bin unsichtbar. Warum soll ich die guten Sachen abnutzen? Also schön bequem ist es jetzt, eine Stretch-Jeans, ein Baumwoll-T-Shirt und eine kuschelige Filzjacke, davon habe ich eine ganz Menge in der Farbe schwarz.

Im Büro trage ich die alten ausgetretenen Schuhe dazu. Bequem.

Haare kämme ich im Büro. Zuhause mache ich mir eine Spange in die Haare.

Schminke? Ach, nein. Ist nicht gut für die Haut und macht alt. Außerdem reibe ich mir vor Müdigkeit in den Augen rum. Dann sehe ich aus wie ein Vampir.

Du meinst, sich hübsch anzuziehen, macht man für sich und sein Selbstwertgefühl. Glaube mir, mein Selbstwertgefühl ist ganz okay, trotz Mobbing.

Und wenn ich dann Zuhause bin, dann nehme ich den „Tuschkasten". Für mich, nur für mich und die Anderen dürfen mich dann auch mal sehen.

Liebe Grüße von der unsichtbaren

Elisabeth

Rechtliche Beratung

Lieber Chandrashekara,
ich habe mich rechtlich beraten lassen.
Ich könnte eine Strafanzeige stellen, zwar ist Mobbing an sich keine Straftat, aber einzelne Bestandteile, welche zum Mobbing gehören, wie beispielsweise üble Nachrede, Beleidigung, Nötigung, Verleumdung, Bedrohung oder sogar Gewaltandrohungen, Gewaltdarstellungen können mit Gefängnis bis zu einem Jahr bestraft werden.

Jetzt brauche ich nur noch Zeugen, die auch bereit sind, den Kampf aufzunehmen. Das wird nicht so einfach sein.

Vielleicht wäre eine versteckte Kamera gut. Ach, Quatsch.

Habe heute in der Zeitung gelesen, dass die Regierung ein Gesetz erlässt gegen heimliche Überwachung am Arbeitsplatz.

Versteckte Kameras stehen dann unter doppelten Vorbehalt, einerseits müsste die Maßnahme erforderlich sein und anderseits dürfen dem keine wichtigeren Interessen des Mitarbeiters entgegenstehen.

Meisten hebelt der Arbeitgeber dies jedoch schon bei der Unterzeichnung des Arbeitsvertrages aus. Da kann man sich entscheiden, ob man die Arbeitsstelle will, oder gleich mit Stress anfängt und sagt, man unterschreibt dies nicht. Und Adieu.

Jedenfalls ist es wie immer, wirtschaftsfreundlich und nicht menschlich. Nach dem neuen Gesetz müssten die

Arbeitnehmer nur einmal die Erlaubnis geben, und dann ist der Mensch „ein gläserner Mensch".
Gläsern und unsichtbar.

In Aufregung verbleibe ich

Elisabeth

Versuch

Lieber Chandrashekara,
letzte Nacht habe ich wenig geschlafen.
Ich versuchte es dann mit Meditation.
Auf einmal war mir klar, dass ich nicht aus mir herausschaue, sondern mehr in mich hinein.

Das Göttliche ist immer in uns, in jedem Menschen, Tier, Blume ... auch in einem Stein. Wir bemerken es nicht immer, weil wir eine andere Vorstellung davon haben. Oder gar nicht darüber nachdenken.

In unserer Anschauung sehen wir Gott als einen sehr weisen alten Mann, der auf einer Wolke sitzt und auf uns herabschaut.

Vielleicht ist er gar nicht vermenschlicht? Oder er ist vielleicht auch ein „unsichtbarer Mitarbeiter". Da haben wir es wieder. Schluss. Mit Gott scherzt man nicht.

Warum eigentlich nicht? Vielleicht ist er unser Lachen, vielleicht ist er eine Träne, vielleicht ist er die Lebensenergie der Menschen, der Tiere und Pflanzen, der Erde.

Okay, zurück zum Thema. Ich liege da so in der Nacht im Bett. Ich höre den Regen auf mein Fensterbrett tropfen.

Ich schließe die Augen und schaue aus mir heraus. Erst sehe ich Nebel, dann Sternenhimmel. Ich gleite dahin wie in einem Raumschiff.

Auf einmal merke ich, dass ich nicht nach außen sehe, sondern in mich. Ich schaue in mein Gehirn, in meinen Kopf, in meine Seele. Ich bin in mir.

Okay, ja, ich habe es verstanden, wo soll ich sonst sein? Da bin ich immer, jedenfalls meistens.

Aber verstehst Du mich nicht, vielleicht ist Gott in mir. Und Gott in Dir.

Ja, manche haben auch den „Teufel" in sich.

Ich war jedenfalls hell wach und ich habe nicht geträumt. Ich habe mein Inneres reflektiert.

Heute bin ich erleuchtet, ich leuchte von innen nach außen in die Welt, am besten gleich in das gesamte Weltall.

Leuchtend

Elisabeth

Welten

Hallo Elisabeth,

immer, wenn ich von der einen Welt in die andere wechsele, bemerke ich, dass mir ein Teil meiner Konzentration verloren geht. Es strömen plötzlich eine Vielzahl an Eindrücken auf mich ein: Umweltgeräusche, Radio, Fernsehen, Internet, Telefon, mitteilsame Menschen und so weiter. Dabei sich auf das Wesentliche zu konzentrieren, fällt mir schwer. Auch ich bin nur ein Mensch.

Ich versuche es an einem Beispiel noch etwas deutlicher zu machen. Beim Lesen eines Buches nehme ich mir regelmäßig die Zeit, mit ganzer Aufmerksamkeit bei den Gedanken des Autors zu sein. Vielmehr, den Text auf mich wirken zu lassen und zu sehen, welche Gedanken und Gefühle dabei bei mir angestoßen werden. Nicht selten gibt es dabei Intuitionen zu neuen Gedanken, die aber nur in diesem einem Augenblick vorhanden sind. Augenblicke später schon sind sie aus dem Gedächtnis und es ist mir jedes Mal schade, dass ich sie nicht festgehalten habe. Deshalb mache ich mir beim Lesen auch gern Notizen: Gelungene Sätze, Gedanken oder auch das Aufschreiben von eigenen Gedanken. Erhebe ich mich nun zu einer Pause und gehe in der Welt umher, zum Beispiel in andere Zimmer, umströmt mich das oben beschriebene Leben. Setze ich mich gar zu einem Film vor dem Fernseher, bin ich regelmäßig überfordert von der Flut an Bildern, Tönen, der Vielfalt der Szenen und der Schnelligkeit der Handlung. Nichts davon kann ich anhalten und meinem eigenen Tempo anpassen. Selbst, wenn es sich um eine DVD handelt, bleibt für mich immer noch ein riesen Unterschied in der Fülle der möglichen Informationen.

Ich glaube, dass darin Fluch und Segen liegen. Einerseits birgt die Multimediale Zeit Möglichkeiten und andererseits ist sie ein Fluch, wenn man nicht versteht, damit umzugehen.

Auf die Konflikte im Zwischenmenschlichen und insbesondere bei den Konflikten bei dir auf Arbeit möchte ich daraus ableiten, dass es besser ist, sich auf das Wesentliche zu konzentrieren und sich von den zahlreichen Eindrücken des Lebens nicht blenden zu lassen.

Man mag das Leben leben, denn dazu ist es da. So wie man bei den verschiedenen politischen Versuchen der Menschen in Gesellschaft zu leben, mit allem Unmöglichen rechnen muss, muss man es wohl auch bei den kleineren Strukturen, wie es eine Firma darstellt. So wie es gedacht ist, mag es theoretisch für einen Moment funktionieren, aber nur, wenn die Denker, die dieses Konstrukt erdacht haben, selbst das Werk umsetzen. Sobald andere Menschen an das Steuer gelassen werden, ist mit vielem zu rechnen.

Was ich neben dem Gedanken, das Wesentliche betreffend, für ebenso wichtig halte, ist die Frage der Übung.

Wir sind im Laufe unseres Lebens geprägt und greifen ständig auf diese Prägung zurück. Unser Handeln und Denken folgt ständig diesen Schablonen. Auch kommt im Laufe des Lebens Neues hinzu, aber nur, soweit es der

Einzelne zulässt. Dabei ist noch nicht davon gesprochen, ob es bewusst oder unbewusst zugelassen wird.

Die zusätzliche Prägung geschieht zu einem sehr erheblichen Teil durch die Umwelt. Also auch durch die Medien.

Nun liegt es an uns, dies zu erkennen und für uns verantwortlich zu nutzen oder eben nicht.

Das ist die erste Einsicht.

Wenn wir dann zu den seltenen Exemplaren gehören, die diese Einsicht besitzen, müssen wir dies nur noch umsetzen. Und das geschieht durch Übung. Das müssen wir aber mit aller Hingabe tun. Täglich und immer wieder. Die Erkenntnis allein genügt nicht. Die Muster müssen verfestigt werden und den immer wieder neu auf uns einströmenden Einflüssen standhalten.

Also übe!

Chandrashekara

Alles

Guten Morgen lieber Chandrashekara, ich denke über das Phänomen nach, dass der Gemobbte, wenn er wieder aufgenommen wird in dem „Team", schlimmer als die Anderen wird. Vielleicht will er damit etwas beweisen. Dazugehören um jeden Preis. Froh, nicht mehr ausgeschlossen zu sein. Nein, das ist nicht die Regel, aber durchaus denkbar.

Morgen ist Personalversammlung. Zu den Personalversammlungen gehe ich schon lang nicht mehr. Nicht, dass es mich nicht interessiert. Nein, ich weiß nicht, wo ich mich hinsetzen soll. Ich möchte doch bei den anderen Mitarbeitern keine körperlichen und seelischen Qualen auslösen, nur weil ich mich neben sie setze.

Bei der Personalversammlung kann einem nur übel werden, wenn man hört wie hervorragend unser Unternehmen ist. Glauben die Anderen daran? Schon mal was von Mobbing gehört? Fremdwörter die keiner versteht.

Das Neuste vom Betriebsrat!

Frage: „Was wird gegen Mobbing getan?"

Antwort: „Von Mobbing ist nichts bekannt in unserem Unternehmen."

Warum weiß ich davon so viel?

Und die, die dagegen etwas tun können, wissen von nichts? Ist der Betriebsrat nicht zu weichgespült und der gute Freund von der Personalabteilung?

Elisabeth

Ohnmacht

Lieber Chandrashekara,
gestern traf ich zufällig die Frauenbeauftragte. Wir kamen ins Gespräch.

Sie fragte mich, wie es mir so geht und ich erklärte ihr, dass meine Situation unverändert „einsam" ist. Aber was soll es, ich bin kein Einzelfall im Betrieb.

So kamen wir im Gespräch auf eine Kollegin, welche jetzt wie auch immer, den Betrieb verlassen hat. Ob sie selbst gekündigt hat oder berentet wurde, entzieht sich meiner Erkenntnis.

„Ja", sagt die Beauftragte, "Frau Müller war auch hier sehr einsam, immer kam sie zu mir. Die Mitarbeiter haben schon über mich gesprochen."

„Ich dachte", sagte ich, „sie sind eine Vertraute von Frau Müller."

„Ach, ja", seufzte sie, „ganz schwer hat Frau Müller es gehabt. Naja, sie wissen nach ihrer Krankheit hat sie sich nur schwer erholt und dann die lieben Mitarbeiter haben sie ausgeschlossen, nur weil sie manchmal etwas wunderlich war. Ich habe zum Beispiel versucht, ein Büro in einer Außenstelle zu finden, damit Frau Müller einen kürzeren Fahrweg zur Arbeit hat. Ich bin gescheitert, weil kein Kollege in einer der Außenstellen bereit war, Frau Müller mit einem Büro auf ihrem Flur zu akzeptieren. Sie durfte nicht mal den Flur betreten. Dies ist kein Witz. Da bin ich auch machtlos."

Ich dachte, mein Gott, wo leben wir eigentlich. Die Frauenbeauftragte ist gescheitert an eigentlich einer ganz normalen Sache. Eine Mitarbeiterin bekommt einen Arbeitsplatz. Einer Mitarbeiterin, welche schon gesundheitlich angeschlagen ist, hilft man ihr Leben besser wieder in den Griff zu bekommen. Der Mob schließt sich zusammen und das war es. Einen Tritt für über 20 Jahre Arbeit im Betrieb erhält sie.

Ich bin traurig und empört.

Deine Elisabeth

Anerkennung

Lieber Chandrashekara,
heute schreibe ich Dir nur ganz kurz ein paar Zeilen. Ich bin sehr müde. Die Woche war anstrengend.

Jeder sehnt sich nach Anerkennung seiner Person, seiner Arbeit, seiner Handlungen. Ohne die Anerkennung können wir nur schwer leben.

Anerkennung erhalte ich an der Arbeit nicht. Ich bin ja unsichtbar.

Ich melde mich morgen wieder.

Liebe Grüße

Deine Elisabeth

Wirbelsturm

Lieber Chandrashekara,
letzte Woche klopfte es an meiner Bürotür. Das passiert nicht oft. Die Chefin kommt selten hierher und wenn sie kommt, gleicht es einem Wirbelsturm. Die Tür fliegt auf und sie steht gaffend vor meinem Schreibtisch gleich der Hexe von Hänsel und Gretel oder Rumpelstilzchen: „Wollen wir mal sehen, was sie da so gerade machen."

Diesmal klopfte es. Somit konnte es nicht die Chefin sein.

Auch wurde auf mein „Ja, bitte." gewartet.

Es kam der Chef, der Abteilung auf deren Etage ich sitze, in „mein" Büro.

„Guten Tag, Frau Grün. Ich wollte sie fragen, wann sie denn endlich unsere Etage verlassen? Verstehen sie mich nicht falsch, aber ich brauche diesen Raum unbedingt, wir haben eine neue Mitarbeiterin, ach, sie verstehen schon. Für uns ist dies hier kein Zustand. Die Kollegen müssen auf eine andere Etage um Arbeitsgespräche durchzuführen."

(Mein Gedanke dazu, ja, weil die Kollegen in dem Beratungsraum ihre Pausen verbringen.)

„Ach, sie wissen immer noch nichts Genaueres? Sie sollten doch schon längst umgezogen sein, in ein kleineres Büro, ach, dort bekommen sie ja gar nicht die Büromöbel alle hinein. Ach, der Tisch, der Besuchertisch ach, und Ihr Schreibtisch, also wenn sie dann ziehen, melde ich mich schon mal für die Möbel an. Und nun verraten sie mir mal, wer ihnen aus meiner Abteilung die Information gegeben hat, dass sie umziehen? Das war nur für uns bestimmt und nicht für sie. Ich bzw. wir sind nicht befugt, ihnen mitzuteilen, wann sie umziehen. Das muss ihnen ihre Chefin mitteilen."

(Mein Gedanke dazu, schön, dass es alle wissen, nur ich nicht.)

„Ja, das kann ich ihnen erklären, wie die Information an mich gelangt ist. Da ich den Kopierer und Drucker auf der Etage mitbenutze, fand ich eine Gesprächsnotiz auf dem Kopierer. Wenn ich meine Ausdrucke abhole, muss ich nachsehen, dass ich nur meine Ausdrucke mitnehme, und da stand jetzt mein Name auf der E-Mail und da habe ich genauer hingesehen und gelesen, dass ich umziehe."

Zufall oder Absicht, mein Gedanke dazu. Ich habe mich danach gleich bei der Verwaltung erkundigt, dort wusste aber niemand etwas von einem Umzug.

Wie wohl sich ein Arbeitnehmer fühlt, wenn er nicht erwünscht ist?

Wie wohl ich mich fühle, wenn ich anderen Mitarbeitern angeblich das Büro wegnehme?

Liebe Grüße

Elisabeth

Umzüge ohne Ende

Lieber Chandrashekara,
heute hatte ich Besuch in meinem Büro von einer Mitarbeiterin der Verwaltung, sie wolle einen erneuten Umzug mit mir besprechen.

Tür auf, da stand sie, kein klopfen, und sie griff mich gleich an ohne Luft zu holen. Eine zweite Mitarbeiterin folgte ihr.

Was ist denn das hier für eine Abstellkammer, das geht nicht. Der Tisch steht völlig falsch, der Computer steht falsch, das Licht kommt falsch, auf dem Computer ist falsches Licht. Die Lampe hängt zu tief. Sie sitzen falsch.

Was? Alle Möbel wollen sie mitnehmen, das geht nicht. Dafür ist das Büro zu klein. Das hat hier doch bestimmt keiner vom Arbeitsschutz eingerichtet. Das nächste Büro richten wir für sie ein, so wie hier geht das nicht, drehte sich auf dem Absatz um und verschwand mit der anderen Mitarbeiterin wieder.

Stunden später traf ich die zweite Mitarbeiterin und fragte diese, was das für ein „Überfall" war?

Frau Nagel sagte: „Machen sie sich nichts daraus. Die Kollegin kam schon gestresst zur Arbeit, das hat nichts mit Ihnen zu tun, wir sind ja froh, dass es bei ihnen mal ohne Komplikationen ging, damit hatten wir nicht gerechnet."

„Ich bin auch nicht zu Wort gekommen."

Mein Gedanke hierzu, wenn eine Kollegin, die mir nicht bekannt ist, in mein Büro kommt, hat diese sich erst einmal vorzustellen. Das Anklopfen habe ich dabei schon vernachlässigt.

Als nächstes sei die Frage erlaubt, woher hat sie eine vorgefertigte Meinung zu meiner Person, wenn sie mit mir noch nie Kontakt hatte.

Da hat der „Buschfunk" ganze Arbeit geleistet. Mein Ruf, welcher auch immer, eilt mir voraus.

Liebe Grüße

Elisabeth

Jetzt

Geliebter Chandrashekara,
ich fühle mich nicht gut, ich bin einsam. Draußen auf dem Flur schnattern die Frauen, lachen und kreischen und ich sitze einsam in meinem Büro. Man hat mich vergessen. Ich bin eingemauert.

Der wichtigste Moment ist gerade dieser Moment. Im JETZT zu leben und nicht wo anders gedanklich zu sein. Lebe im Jetzt. Das JETZT ist gerade nicht schön. Aber wir haben doch immer nur ein JETZT. Immer nur diesen Moment und nichts anderes. Die Vergangenheit ist vorbei und die Zukunft nie erreichbar. Sind wir in der Zukunft, wäre das JETZT die Vergangenheit.

Lebe jeden Moment!

Auch die „schlechten Momente" werden gelebt. Das, was uns an schlechtem wiederfährt, hilft uns auch weiter, weil wir gerade daraus lernen. Würde man nicht so schlecht mit uns umgehen, würden wir uns nicht „Bewegen/Bewerben" und würden dann stagnieren. Wir werden von dem Schmerz der uns quält in ein gutes Jetzt getrieben. Wir wachsen indem wir uns gegen Widerstände durchsetzen.

Nichts quält uns mehr als unser eigener Kopf, wir müssen die Gedanken ziehen lassen. Aufräumen im Kopf. Und lernen zu akzeptieren, dass man von mir nichts anderes erwartet, als ganz brav in meinem Büro zu sitzen.

Ich denke, da ist eine Zermürbungsidee dahinter. Die Chefin denkt vielleicht, wie lange kann sie das aushalten, bis sie von selbst kündigt.

Ja, ehrlich, ich bin ja schon beim Bewerben auf einen anderen Job.

Ansonsten sollte ich die Situation genießen, und nicht ständig ein schlechtes Gefühl haben. Es ist alles so gewollt.

Ich habe schriftlich die Situation bei allen Beteiligten angezeigt. Ich habe mit der Chefin, der Personalabteilung und dem Betriebsrat gesprochen. Alle wissen um was es geht und alle finden es in Ordnung.

Mir wird gesagt. Was wollen Sie denn? Sie haben doch Arbeit. Bauen sie diese weiter aus.

Wahrscheinlich bin ich hochbegabt, dass ich immer so schnell meine Aufgaben ordentlich erledige. Also übe ich mich in Geduld und Achtsamkeit.

Deine achtsame Elisabeth

P.S.:
Ich habe gerade die Lebensgeschichte einer Frau im Radio gehört.

Sie ist Amerikanerin und hat immer an den amerikanischen Traum geglaubt, der mehr zum Alptraum wurde.

Sie hat gemeinsam mit ihrem Mann ein ganzes Leben lang gearbeitet. Vier Kinder haben sie groß gezogen und sich ein kleines Häuschen geleistet, was eigentlich in Amerika normal ist.

Der Amerikaner wohnt, außer in den Städten, im eigenen Haus.

Der Ehemann bekam einen Herzinfarkt. Das Haus musste verkauft werden, weil das Geld für die Behandlung benötigt wurde.

Danach bekam sie Krebs.

Das Geld für die Altersfürsorge wurde aufgebraucht.

Jetzt geht es ihr wieder besser und sie steht vor dem Nichts.

Da sie keine Wohnung mehr haben, ziehen sie erst mal zu ihren Kindern. Sie wird einen Job annehmen müssen um sich über Wasser zu halten.

Jedoch fühlt sie sich befreit. Sie haben keinen Besitz mehr. Sie leben von der Hand in den Mund. Das Ehepaar hat schwere Krankheiten überwunden. Sie leben und das ist wichtig.

Der Weg der Einsicht

Liebe Elisabeth,
ich kenne diese Gedanken, doch sind sie nur unsere Gedanken.

Ein Stück weit ist es so, dass wir mit unseren Erfahrungen, unserem Wissen und unserer Transparenz in einer Welt leben, die von den meisten Menschen nicht gesehen wird.

Es hat wenig Aussicht auf Erfolg darüber zu reden, weil die Sprache dieser Welt nicht verstanden wird. Wir tun eine Menge für uns selbst und leben dies auch, nur können wir nicht verlangen, dass alle anderen Menschen den gleichen Weg gehen.

Mir fällt dazu deine Geschichte von der Frau ein, die den amerikanischen Traum gelebt hat und nun in der Mitte ihres Lebens materiell vor dem Nichts steht.

Mit ihrer Loslösung vom Geld, dem Haus, dem Materiellen eben, scheint es sein Bewenden zu haben. Hat es aber nicht. Wir alle leben in der Wildnis und auch der amerikanische Traum fußt auf den Gesetzen der Wildnis. Wer das eine haben will, muss das Gesetz des Stärkeren akzeptieren.

Trotzdem gibt es den anderen Weg. Den Weg der Einsicht, der Transparenz zum immanent Transzendenten. Verhaftungslosigkeit ist eine der großen Übungen auf dem Weg dorthin.

Vielleicht sollten wir auf unserem Weg der Welt weniger Aufmerksamkeit schenken. Arbeiten gehen, die vereinbarte Leistung erbringen und selbst dabei bei sich bleiben. Nicht als platten Radio-Spruch, sondern von ganzem Herzen. Denn unsere Gedanken sind unsere Welt. Das können wir täglich üben. Dabei reicht die ständige Bemühung, diese Übung fest zu begründen. Dann trägt sie Früchte. Einen Versuch ist es wert. Gerade jetzt, wo du dich um einen anderen Job bemühst.

Ich glaube daran.

Vielleicht hilft bei dieser Übung ein anderes Bild.

In jedem Menschen ist im Kern das Göttliche, nur wird dies nicht von jedem wahrgenommen. Kollidiert eine solche menschliche Hülle mit uns, müssen wir uns das nur vorstellen und unserer eigenen Hülle sagen: Mach keinen Blödsinn. Es ist nur eine menschliche Hülle, die gerade keinen Kontakt zum Transzendenten hat.

Die Kunst besteht dann lediglich in der praktischen Umsetzung. Denn meist werden wir irgendwie interagieren müssen. In unserer Sprache werden wir nicht verstanden, also einfach interagieren und wieder zurück zum Selbst.

Liebe Grüße

Chandrashekara

Kleine Übungen

Lieber Chandrashekara,
liebe Deinen Nächsten, wie Dich selbst.
Ja, wenn ich mich nicht mehr liebe, was ist dann?
Wir müssen versuchen Liebe und good vibrationen auszusenden.

Immer wenn ich der Chefin begegne, atme ich mehrmals tief durch. Ja, bis in die Zehenspitzen. Und noch einmal. Ich versuche meine jetzt schon sehr verkrampfte Körperhaltung zu lösen und ihr völlig unverkrampft entgegen zu treten. Ich achte auf meine Körpersprache und setze mich offen (Armhaltung nicht verschränkt) hin. Ich sehe sie an. Ich versuche auch meinen Blick zu entspannen. Während dem gesamten Gespräch achte ich auf meine Atmung. Immer schön gleichmäßig atmen. Ich achte nicht nur auf die Körperhaltung, ich achte auch auf die Haltung meiner Person. Nicht die Haltung verlieren, nicht provozieren lassen, ruhig bleiben, atmen, Ruhe...

Wenn es zu viel Stress wird, langsam die Hände erheben und „Stop" sagen. „Entschuldigung, ich habe sie jetzt nicht richtig verstanden. Wie meinen sie das?" Immer wieder ruhig nachfragen.

Meine Chefin leidet unter Gedankensprüngen, die ich nicht nachvollziehen kann. Sie sagt, „tun sie dies. Frau Meier arbeitet am Projekt. Objekte werden gesucht. Herr Müller macht das andere Unternehmen. Und ach, sie könnten doch". (lange Pause) „Herr Schmidt will das auch so". Sie denkt nach und spricht mit mir, als ob sie Selbstgespräche führt.

Ich habe gar nichts verstanden. Also keine Angst! Nachfragen!

Was soll ich tun?

Was ist mit Frau Meier? Ach, geht mich gar nichts an.

Was ist mit Herrn Müller? Ach, den kenn ich gar nicht und muss ich auch nicht kennenlernen.

Das gleiche mit Herrn Schmidt.

Atmen. Und Ruhe bewahren. Und lächeln. Nicht dümmlich lächeln, nur ein klein bisschen inneres Lächeln.

Ich erinnere mich an meine Qigong-Ausbildung und an viele kleine Übungen. Da fällt mir das Inneren Lächeln ein. Du siehst, ich schreibe Inneres Lächeln groß, da es sich um einen Eigenname handelt.

Man lächelt in sich hinein. Man lächelt seinen Organen zu. Es wird Kontakt nach Innen aufgenommen und man schließt Freundschaft mit den Organen. „Hallo Herz, wie geht es Dir? Liebe Leber, ärgere dich nicht und so weiter." Wir lächeln in uns hinein. Dieses kleine Lächeln erzeugt eine positive Grundhaltung.

Wenn man lange genug lächelt, glaubt unser Gehirn irgendwann alles ist in bester Ordnung und wir werden richtig glücklich. Laufe einen Tag durch die Welt und lächele alle Menschen an und sehe sie dabei auch an. Die meisten Menschen, die dir begegnen, werden zurück lächeln. Viele grüßen Dich auf einmal. Manche werden sich auch fragen, wer war das? Kenne ich die?

Hebt die Grundstimmung ungemein.

Da ich häufig unter Kopfschmerzen leide, hat mein Qigong-Meister einmal zu mir gesagt: „Meine Liebe, du musst in die Füße denken. Raus aus dem Kopf! Wenn dir alles zu viel wird, du den Kopf „voll hast", dann denke an deine Füße. Du bist viel zu kopflastig. Raus aus dem Kopf und ab in die Füße!"

Ich dachte nur, vielleicht werden die Füße dann dick und schwer von den vielen Gedanken, die ich habe.

„Stelle die Füße fest auf die Erde und spüre wie du langsam Wurzeln bekommst. Du stehst ganz fest, wie ein starker alter Baum. Immer wieder führst du deine Gedanken runter zu den Füßen. Wir müssen den Kopf leer machen."

Lustig? Ja, da gibt es anscheinend lustige Übungen, die sehr wirkungsvoll sind. Zum Beispiel durch die Finger atmen. Als ich diese Übung lernte, dachte ich, das ist nicht sein Ernst.

„Ich schließe die Augen und stelle mir vor.

Ich atme mit dem rechten Daumen ein.

Ich atme mit dem rechten Daumen aus.

Ich atme mit dem rechten Zeigefinger ein.

Ich atme mit dem rechten Zeigefinger aus.

Ich atme mit dem rechten Mittelfinger ein.

Ich atme mit dem rechten Mittelfinger aus.

Ich atme mit dem rechten Ringfinger ein.

Ich atme mit dem rechten Ringfinger aus.

Ich atme mit dem rechten kleinen Finger ein.

Und ich atme mit dem rechten kleinen Finger aus.

Und jetzt zur linken Hand."

Auch bei der Erlernung einer Qigong-Gangart, welche gegen Krebserkrankungen hilft, hatte ich viel Spaß. Die Lerngruppe folgte dem Meister in einer bestimmten Gangart. Dabei wurde auf die Laute „Tschi, tschi, hu" geatmet. Ein Gänsemarsch bot sich mir dar. Dabei bekam ich einen Lachanfall nach dem anderen, so dass ich den Übungsraum mehrmals verlassen musste. Draußen habe ich mir den Bauch vor Lachen gehalten. Ich habe Jahre nicht so gelacht.

Der Lehrer nahm mich am Ende des Unterrichtes zur Seite und meinte ganz ernst, „Du leitest deine Energie falsch und dadurch kommt die Energie durch das Lachen raus."

„Ja, wie wunderbar, lange nicht mehr so gelacht. Und Lachen hält gesund."

„Aber!" Der Lehrer hielt die Hand in der Luft. „Aber, sie stören damit die anderen Schüler beim Üben."

"Oh."

Om.

Elisabeth

Sinn

Lieber Chandrashekara,
ein liebvolles Leben, ein sinnvolles Leben, ein freudvolles Leben gelebt zu haben, ist mein Anliegen.

Ich suche in den Dingen den Sinn.

Ich liebe meine Familie. Das ist der Sinn. Sinnvoll ist, gebraucht zu werden. Geben und nehmen. Liebe.

Den Sinn in meiner Arbeit kann ich nur schwer entdecken.

Ich glaube, heute kann ich nicht viel schreiben, mir fehlt heute die Kraft dazu.

Morgen hole ich alles nach.

Deine Elisabeth

Eine neue Liebe

Lieber Chandrashekara,
jetzt habe ich Dir eine Weile nicht geschrieben, weil das Leben mich abgelenkt hat.

Nicht einmal einen Monat habe ich durchgehalten, jeden Tag an Dich zu schreiben, aber ich werde mich bessern.

Vor einigen Tagen lernte ich einen Mann kennen. Die Gefühle für ihn haben mich etwas verwirrt und abgelenkt von meiner Arbeitssituation. Was mir durchaus sehr gut tut. Ich habe in diesen Tagen über meinen „Tellerrand" geschaut. So, ein paar kleine „Flugzeuge" in meinen Bauch haben meine Grundstimmung doch sehr gehoben.

In meinem Leben habe ich immer wieder gemerkt, dass sich Menschen um mich scharen, wenn ich gut drauf bin. Kaum geht es mir nicht gut, sind alle weg. Und wenn du denkst es geht nicht mehr, da kommt irgendwo ein „Held" her.

Ich bin so froh und fast glücklich!!!

Ich sende Dir einige Notizen von einer Autofahrt mit meinen „Helden".

Wir rotten uns selber aus. Wer sich an Regeln hält, wird platt gemacht. So ist es im Straßenverkehr, wie im Leben.

Wir geben auf unsere eigenen Lebensregeln nichts mehr. Dabei besteht die Frage, hat irgendjemand sich irgendwann an die Regeln gehalten?

Ich denke ja, ansonsten wären wir wahrscheinlich schon untergegangen mit der Erde.

Die Regeln der Gesellschaft müssen ja nicht die Regeln der weisen Menschen sein.

Zum Beispiel ist es klug „Freie Fahrt für freie Bürger" zu propagieren, und Geschwindigkeitsbegrenzungen auf deutschen Autobahnen aufzuheben?

Auch hier gibt es eine nette Geschichte. Nein, mir fallen gleich zwei wahre Geschichten ein.

Ich hatte eine Verabredung mit einer Anwältin. Die Anwältin erschien in ihrem Büro mit einer Halsstütze.

„Ich gebe ihnen nur die Unterlagen", sagte sie, „und gehe gleich wieder nach Hause, weil ich gestern einen schweren Autounfall hatte. Ich hatte einen Laster überholt, da kam von hinten ein großes Auto „angeflogen" und trieb mich mit Lichthupe. Ich beendete den Überholvorgang und setzte mich vor einen Laster auf die rechte Fahrspur zurück. Das rasende Auto fuhr auf einmal neben mir her. Ich fühlte mich beobachtet. Ich wollte nicht rüber sehen. Was tut der Mensch da? Ich wende meinen Kopf nach links. Sehe in seine Grimasse und in diesem Augenblick fängt er an zu lachen und zieht mit dem Auto nach rechts zu mir rüber. Ich reagiere und weiche aus. Komme von der Autobahn ab und überschlage mich mehrmals mit meinem Auto. Irgendwann steht die Zeit still. Mir schmerzt mein Körper. Ich lebe. Schnell, ich muss aus dem Auto raus. Im Film explodieren die Autos dann immer. Ich krabbele aus dem Auto. Ein Mann hilft mir. Es ist nicht der Fahrer des blauen Autos. Es ist der LKW-Fahrer. Der Mann im blauen Auto hat Fahrerflucht begangen. Mein Auto hat einen Totalschaden und ich fühle mich krank. Ich bin so wütend. Sie können mir glauben, das Gesicht des flüchtigen Fahrers werde ich mein Leben lang nicht vergessen. Und so wahr, wie ich hier vor ihnen stehe, ich werde dieses „Schwein", verzeihen sie mir den Ausdruck, jagen und ich werde ihn kriegen. Ich habe die Auto-Marke. Ich habe die Anfangsbuchstaben seines Kennzeichens und ich habe Zeugen und ich habe die Polizei auf meiner Seite. Und so wahr ich Jura studiert habe, so werde ich für das Recht kämpfen. Hier sind die Unterlagen. Auf Wiedersehen."

Auch ich kann Dir ein brandneues Erlebnis von letzter Woche auf der Autobahn schreiben. Erlebnis klingt, wie etwas Gutes erlebt zu haben, ein Erlebnispark oder so.

Der „Held" und ich fahren auf der thüringischen Autobahn. Wir haben ein kleines Auto und die Berge nimmt es etwas langsamer als die Autos mit über 100 PS.

Es naht ein Berg.

Zwei Fahrspuren mit unterschiedlicher Geschwindigkeitsbegrenzung. Rechts 60 km/h und links 100 km/h erlaubt. Wir fahren nach links, da wir über 90 km/h fahren. Auf der langsamen Bahn fahren die Laster mit hoher Beladung. Der Berg ist steil und die Beschleunigung unseres Autos langsam.

Da kommt auch auf uns ein großes Auto von hinten mit überhöhter Geschwindigkeit "angeschossen" und nötigt uns mit „Lichthupe" und dichtem Auffahren. Er ist schon fast in unserem Kofferraum. Wütend fährt das blaue Auto nach rechts auf die 60 km/h Spur und will innen überholen, was ihm nicht gelingt, da auf dieser Spur langsame fahrende LKWs unterwegs sind.

Noch wütender setzt sich das Auto hinter uns und „schiebt".

Nach dem wir den Laster überholt haben, fuhren wir auf die rechte Fahrspur und die Geschwindigkeitsbegrenzung wurde aufgehoben.

In diesem Moment hat es das blaue Auto nicht mehr eilig. Er fährt neben uns her.

Mir fällt der Bericht der jungen Anwältin ein und ich sage, „bloß nicht hinsehen."

Wir sehen nicht nach links, und das reizt den Fahrer noch mehr. Er setzt sich vor uns und bremst stark. Wir werden ausgebremst. Der Laster hinter uns muss auf die linke Spur ausweichen, um nicht aufzufahren.

Auch das genügt dem aggressiven PKW-Fahrer noch nicht.

Ich habe gerade das Gefühl wir stehen still auf der Autobahn. Die Zeit hält an. Sekunden werden zu Stunden.

„Fahre nicht dran vorbei, pass auf, der spinnt", rufe ich dem Helden zu.

Die Zeit steht still. Es geht den Berg hinunter, die Laster hinter uns haben jetzt richtig Schwung und wir stehen fast still.

Das blaue Auto beschleunigt und ich rufe, „Gott sei Dank, es ist vorbei."

Da bremst der Fahrer wieder und fährt in eine entfernte Nothaltebucht mit Warnblinkanlage.

„Mein Gott, was nun", rufe ich.

Der Held fährt langsamer.

Ich komme mir vor wie bei einem Stierkampf. Wir haben viele Zuschauer in Form der anderen Autobahnbenutzer.

Vielleicht hat das den „blauen" Fahrer bewogen, wieder aus der Nothaltebucht rauszufahren und zu beschleunigen und am Horizont zu verschwinden.

Geschockt und erleichtert setzen wir unsere Fahrt fort. Ärgerlich sind wir, dass wir die Nummer des Kennzeichens nicht vollständig haben. Alles ging so schnell, wir wurden bedroht und in Gefahr gebracht, das Auto war so dicht an uns. Die ersten drei Buchstaben nicht mehr haben wir.

Wir beobachteten den Verkehr, immer mit dem Gedanken, der kommt an irgendeiner Autobahnauffahrt wieder und macht uns mit seiner Amokfahrt kaputt.

Wir sind uns einig, das nächste Mal werden wir mit dem Handy die Autobahnpolizei verständigen und um Hilfe bitten. Auch um die Gefahren für andere Autobahnbenutzer abzuwenden.

Bis bald.

Elisabeth

Steckt da System dahinter?

Lieber Chandrashekara,
ich kann mir gar nicht vorstellen, dass die Anderen so unklug sind, um genau nach „Gebrauchsanweisung" zu mobben. Ich sehe meinen Fall als klassisches Schulbeispiel für Mobbing an. Da wären Überforderung, Unterforderung, Übertragung von fraglich sinnlosen Aufgaben, die niemals abgefragt werden, Isolation, Demontage meiner Person, üble Nachrede oder ich erinnere an Arbeiten, die keiner machen will oder kann und die mir übertragen wurden.

Die Übertragung der letzten Aufgabe habe ich schriftlich per Postzustellung zwei Tage vor meinem geplanten Urlaub erhalten.

Anlässlich meines runden Geburtstages habe ich eine große Reise langfristig geplant, bezahlt und die Koffer waren fast fertig gepackt. Noch zwei Tage Arbeitsleben und dann geht es auf nach Kanada.

Auf den Spuren meiner Großmutter. Naja, fast.

Meine Großeltern wollten eigentlich auswandern nach Quebec/Kanada. Das wusste ich viele Jahre nicht.

Irgendwann hat Oma etwas gesucht und da hatte sie zufällig die alten Schiffstickets in der Hand. Sie weinte auf einmal und ich sah mir die Tickets an. Wow, Kanada. Ich würde jetzt Kanadierin sein, wahrscheinlich auch anders aussehen oder jemand anders sein, denn mein Vater wäre ja nicht in Kanada gewesen.

Oma erzählte, dass der ehemalige Chef meines Opas Deutschland verlassen musste, weil er Jude war.

Dieser Mann hat in Quebec/Kanada eine Handschuhfabrik aufgebaut und hat gute Handschuhmacher benötigt. So schickte er meinem Opa die Schiffstickets.

Wenn ich meine Oma richtig verstanden habe, konnte sie sich aber nicht von ihrer Familie und ihrer Heimat lösen und so verfielen die Tickets.

Mein Opa ist sehr zeitig gestorben. Am Tag des Fundes der Schiffskarten hatte ich den Eindruck, Oma war der Meinung, dass wenn sie gegangen wären, mein Opa hätte noch leben können. Das ist so eine typische Situation für eine Weggabelung. Gehst Du diesen Weg, wird dein Leben so verlaufen. Zweigst du ab und gehst einen anderen Weg, dann erlebst du wahrscheinlich andere Dinge.

Oh, lieber Chandrashekara, ich bin abgewichen, eigentlich wollte ich ja etwas anderes schreiben.

Also zurück zum Briefkasten. Zwei Tage vor meinen Urlaub finde ich im Briefkasten folgende Zeilen:

„Sehr geehrte Frau Grün,

mit Freude nahmen wir zur Kenntnis, dass sie bei dem Projekt teilnehmen werden.

Zu einer ersten Zusammenkunft lade ich sie herzlich am Mittwoch, den..."

Ich schrie, „was ist denn das nun wieder."

Jetzt hat die Chefin mir den Urlaub gestrichen.

Meine Gedanken überschlugen sich, mir wurde übel, schwarz vor den Augen und ich taumelte auf mein Sofa.

Zwei Tage vor einer großen und lang geplanten Reise diese Wendung.

Die Reise ist bezahlt, ich muss alles verfallen lassen.

Wie komme ich da wieder raus?

Kämpfen, kämpfen, kämpfen…

Ich habe es geschafft. Ich konnte die Reise antreten. Die viele Aufregung durch dieses Ereignis hat natürlich auch Schatten unter meine Augen gebracht und die Wut im Bauch flog mit.

Ansonsten ist es für mich in Ordnung, mich immer wieder in neue Arbeitsgebiete einzuarbeiten.

Für mich ist das nicht immer einfach, aber es ist langfristig effektiv, weil ich daran wachsen kann.

Ich lerne immer wieder etwas Neues.

Aufpassen auf das Gedankenkarussell, die Leck mich am A.-Stimmung… und sich rechtzeitig in Sicherheit bringen.

Gegen schlechte Gedanken hilft eine einfache Übung. Ich suche mir in Gedanken ein Bild, was mir Freude bereitet. Ich habe da ein Bild von meinem Helden im Kopf. Das habe ich im Gehirn an einen besonderen Platz abgelegt. Stürzen viel ungebetene Gedanken auf mich ein, hole ich das Bild aus meinem Gehirn hervor und erfreue mich daran. Die schlechten Gedanken verschwinden. Die rennen um ihr „Leben" weg. Mir geht es dann wieder besser.

So einfach ist das. Ach, wenn es immer so einfach im Leben wäre.

Der Held hat gesagt: „Leben ist eine Vielfalt von Leben."

Übrigens habe ich das „Königsmobbing" erwischt, das heißt, gegen das gemobbt werden von gleichgestellten Mitarbeitern kann man sich noch irgendwie wehren.

Gegen das Königsmobbing bzw. das kaiserliche Mobbing kann man sich nicht wehren, da die Chefin am längeren Hebel sitzt, sei es die berufliche Zukunft in diesem und in anderen Unternehmen. Der Rufmord ist im vollen Gange.

Ich kann mich nur in Sicherheit bringen.

Ich suche.

Elisabeth

Einstellungsgespräche

Hallo lieber Chandrashekara,
neben meiner Vollbeschäftigung als Mutter und meiner Vollbeschäftigung im Beruf habe ich aus „reiner Langeweile" ein 3-jähriges Abendstudium absolviert und habe jetzt einen weiteren super Studienabschluss.

Dieses Studium habe ich einerseits absolviert, weil ich bessere Aufstiegschancen haben will.

Anderseits hatte ich die leidlichen Diskussionen satt, ob nun die Oststudien was wert sind oder nicht.

Als Drittes ging ich mit einer alten Freundin einen Deal ein, wenn sie mit über 50 Jahren die Fahrschule absolviert, dann werde ich das Studium in Angriff nehmen.

Die Geschichte war so, dass ich auf dem Weg zur Arbeit eine Werbung für eine Fahrschule sah. Ich nahm den Zettel für meine Freundin mit und sagte zu ihr: „Guten Morgen."

Legte ihr den Zettel hin, und sagte: „Mach mal."

Einen Tag später kam die Freundin in mein Büro, legte einen anderen Werbezettel hin: „Guten Morgen, mach mal."

„In Ordnung", sagte ich, „wenn Du die Fahrschule machst, gehe ich zum Studium."

Sie machte die Fahrschule. Sie brauchte gefühlte 1000 Stunden, und ich hatte ein schlechtes Gewissen, weil die Familienersparnisse langsam aufgebraucht wurden.

„Gut ich gehe nochmal zum Studium, ich lerne schnell, flink bin ich im Kopf, das mache ich so nebenbei mit links, außerdem habe ich gerade eine Trennung hinter mir, und da lerne ich bestimmt nette Leute kennen", so dachte ich laut.

Gesagt getan, studiert, gequält, manchmal verzweifelt, hochmotiviert, ehrgeizig zog ich das Studium durch.

Ich lernte andere Menschen kennen. Ich lernte auch meine Belastungsgrenze kennen.

Meine damals 12-jährige Tochter half mir beim Lernen. Wir beide gaben Unmengen an Studiengebühren aus und kauften Lehrbücher.

Mein Tag begann morgens um 4.15 Uhr mit Frühstück machen und Kind wecken.

5.15 Uhr habe ich das Haus verlassen.

6 Uhr begann ich zu arbeiten.

14.30 Uhr fuhr ich nach Hause.

15.15 Uhr war ich zu Hause, dann kochen für die „Prinzessin". Hausarbeit, Hausaufgaben, Vorbereitungen für den nächsten Tag folgten.

17.30 Uhr auf zur Uni. „Tschüss, mein Schatz, bis später." Traurige Blicke zum Abschied, schlechtes Gewissen und das Gefühl keine gute Mutter zu sein.

18.00 Uhr an der Uni. Ich bin so müde.

21.15 Uhr Schluss mit Lernen und endlich auf nach Hause.

21.45 Uhr „Hallo, Mama, da bist du ja, ich brauche dich mal…"

22.00 Uhr Küche aufräumen, Frühstückstisch decken…

22.30 Uhr umfallen und sofort einschlafen.

Zwei Sekunden später klingelte der Wecker.

„Guten Morgen, es ist 4.15 Uhr." Déjà-vu und alles noch einmal und noch weitere dreimal in dieser Woche.

Ich fühlte mich wie ein Hamster im Laufrad.

Nach drei Jahren hatte ich den Abschluss mit dem Prädikat „gut" in den Händen.

War sehr anstrengend, von wegen mache ich mit links.

Nun komme ich zu meiner Firma. Freudig zeige ich mein Zeugnis.

Der Personalchef sagt zu mir, „Erkenne ich nicht an."

„Warum erkennen sie das nicht an, es ist überall anerkannt?"

„Ich erkenne es nicht an, basta."

„Aber auch wenn sie es nicht anerkennen, sollten sie doch anerkennen, dass es Menschen gibt, die sich in ihrer Freizeit auf eigene Kosten Wissen aneignen."

Auch diese Worte waren für mein berufliches Fortkommen tödlich. Man widerspricht dem Personalchef nicht. Hier geht es schon lange nicht mehr darum, was Recht ist und was nicht. Hier haben sich eigene Gesetze gebildet. Sie haben Macht und sind dabei so blind.

Natürlich habe ich mich mit einer gewissen Naivität und dem Glauben an das Gute im Menschen auf andere Posten innerhalb des Unternehmens beworben. Das sitzt der Personalchef da und sagt: „Wenn sie wirklich so gut sind, wie sie sich darstellen, warum will sie keiner haben?"

Er stellte mir auch didaktisch unkluge Fragen, d. h. Fragen zu stellen, die keiner beantworten kann, um den Bewerber schlecht da stehen zu lassen, ähnlich wie bei

„Des Kaisers neue Kleider" wird keiner der Befrager zugeben, die Frage selbst nicht beantworten zu können.

Ich denke an meine Freundin. Sie ist als Sprechstundenschwester entlassen wurde, weil sie unhöflich ist. Ich habe meine Freundin noch nie unhöflich erlebt.

Wenn sie wenigsten unhöflich wäre, dann könnte sie mit der Aussage gut leben. Jetzt, gute zehn Jahre später, quält sie immer noch diese Art der Verleumdung.

Ich werde nicht aufgeben zu kämpfen. Ich lasse mir mein Selbstwertgefühl von den kleinen Königen und der Kaiserin nicht nehmen.

Auf zu neuen Taten!

Elisabeth

Die Krankenkasse

Lieber Chandrashekara,
jetzt hat es mich erwischt und ich bin von dem ganzen Stress krank geworden. So bin ich die dritte Woche zu Hause, da erhalte ich einen Brief von der Krankenkasse:

„Guten Tag, sehr geehrte Frau Grün,
eine Krankheit beeinträchtigt nicht nur die Lebensqualität, sie wirft auch einige Fragen auf. Bitte kommen Sie deshalb zu einem persönlichen Beratungsgespräch am ... Lassen Sie uns gemeinsam überlegen, ob neben der medizinischen Behandlung Ihrer Krankheit weitere Hilfen möglich bzw. notwendig sind. Wenn Sie ... Fragen haben, dann rufen Sie mich an."

Wie wirkt dieser Brief auf mich?

Ich empfinde Druck, und es ärgert mich, dass meine Erkrankung Fragen aufwirft.

Es ist Freitagnachmittag, da erreiche ich niemanden mehr bei der Krankenkasse.

Meistens ist es auch besser, erst einmal eine Nacht darüber zu schlafen, dann in sich zu spüren und bemerkt man immer noch Ärger, dann sollte man etwas unternehmen.

Montagmittag rufe ich bei der Krankenkasse an.

„Ich habe einige Fragen zu Ihrem Brief. Haben sie ein paar Minuten Zeit für mich? Welche Fragen wirft meine Erkrankung auf? In welcher Weise wollen sie mich beraten und welche Hilfen bieten Sie an?"

„Wir wollen uns mit Ihnen unterhalten und Hilfen aufzeigen", erwidert die Angestellte der Krankenkasse.

„Bieten Sie mir einen Kurs an? Nein? Kurse habe ich schon belegt, bin selber Entspannungskursleiter, Qigong-Kursleiter und bin ausgebildet in Reiki I und II. Bieten Sie mir eine Kur an? Nein? Was bieten Sie mir dann an?"

„Wir können Ihnen behilflich sein bei der Beantragung von Krankengeld", erwidert die Dame.

„Ja, hat sich da etwas geändert? Nein? Da ich nicht das erste Mal länger erkrankt bin, weiß ich wie Krankengeld beantragt wird und brauche dazu keine Hilfe."

„Wir könnten Sie zum sozialpsychiatrischen Dienst schicken, vielleicht ist ja in ihrem Leben was nicht in Ordnung", konterte die Frau.

„Erstens bin ich in psychiatrischer Behandlung, zweitens ist mein Leben in Ordnung, ich rauche nicht, ich trinke nicht, ich ernähre mich gesund, sogar meistens aus dem Bioladen, ich treibe Sport und lebe bewusst. Was können sie noch für mich tun?"

„Sie wollen doch kein Geld verlieren. Uns geht es vorrangig darum, dass es gar nicht so weit kommt, dass sie Krankengeld erhalten. Wir wollen sie schnellst möglich vor dem Ablauf der Lohnfortzahlung wieder in den Arbeitsprozess eingliedern. Ihnen ist sicherlich bewusst, dass sie mit Krankengeld finanzielle Einbußen haben, und das wollen sie doch nicht!"

„Wer will das schon, aber die Gesundheit geht nun mal vor, können wir den Termin ein zwei Tage verschieben, da ich genau zu ihrem Terminvorschlag einen Arzttermin habe."

„Wenn sie den Arzttermin hinter sich haben, bitte ich sie, im Anschluss zu mir zum Servicecenter zu kommen, das müsste zeitlich ja klappen."

„Finden sie nicht, dass sie damit nicht etwas Druck erzeugen, zumal sie noch gar nicht wissen, wie lange ich noch erkrankt zu Hause bin? Welcher Abteilung gehören sie an?"

„Krankengeldzahlung."

Ja, lieber Chandrashekara, so ist bei mir der Eindruck entstanden, dass es auch hier nur ums Geld geht. Ich spüre in mich, und stelle fest, dass die Krankenkasse „Druck" macht. Ob das wohl gut für mein Befinden ist?

Auch denke ich an meine ehemalige Kollegin Heidi, die erst gemobbt wurde, dann als Folge erkrankt ist, neben dem Ärger mit dem Arbeitgeber, Ärger mit der Krankenkasse hatte und später mit der befristeten Rente Auseinandersetzungen zwischen allen Beteiligten hatte.

Wie soll ein Mensch da gesund werden und nicht noch mehr erkranken.

Was ist aus der Welt geworden?

Hilfe!

Elisabeth

Der Anruf

Lieber Chandrashekara,
heute bekam ich einen Anruf von einer Mitarbeiterin meiner Firma. Da ich krank zu Hause liege, möchte sie wissen, wo in meinem Büro die Unterlagen von dem Projekt liegen. Ich sage ihr, sie möchte bitte in mein Büro gehen und in der rechten Schublade nachsehen. Da liegen die Unterlagen oben auf.

Nach wenigen Minuten ruft sie mich zurück und berichtet mir: „Frau Grün, ihr gesamtes Büro wurde umgeräumt und ich kann die Unterlagen dort nicht finden."

„Ich verstehe nicht, wieso wurde mein Büro umgeräumt?"

„Ja, hat man sie nicht angerufen und Ihnen gesagt, dass ihre Arbeit verteilt wird."

„Oh, das ist aber nett, dass man mir hilft während meiner Krankheit und die Arbeit sich nicht so hoch stapelt."

„Nein, ich glaube", sagt sie, „da verstehen sie etwas falsch. Es wurde eine neue Kollegin eingestellt, diese übernimmt jetzt ihre Arbeit."

Ich bin sprachlos.

„Hallo Frau Grün, sind sie noch dran? Ja, da bin ich ja beruhigt. Machen sie sich nichts daraus. Wenn ich gewusst hätte, dass sie noch gar nichts wissen, dann hätte ich doch auch nicht angerufen. Ich will ja schließlich nicht der Überbringer der schlechten Botschaft sein. Bitte regen sie sich nicht auf. Und bitte sagen sie nicht, dass ich sie angerufen habe. Bitte."

Ich lege auf. Die Gedanken schießen mir durch den Kopf. Ich bin wütend und dann muss ich lachen. Warum lache ich jetzt? Drehe ich jetzt durch? Bekomme ich einen Nervenzusammenbruch? Ich fühle mich gut und ich bin erleichtert. Was auch immer das bedeuten mag? Im doppelten Sinn: Warum reagiere ich so? Und was machen DIE da schon wieder mit mir?

Warum hat die Kollegin auch Angst?

Ich habe gelesen, dass Menschen, die versuchen dem Gemobbten zu helfen, auch oft selbst dann Opfer von Mobbing werden.

Vielleicht wäre es dann gut, wenn viele Menschen gemobbt würden, obwohl ich es niemanden wünschen würde. Aber vielleicht könnten dann viele Menschen Verständnis für diese Situation entwickeln und die Gemobbten könnten sich weinend in den Armen liegen. Nicht aus Trauer, sondern aus Freude, nicht mehr allein zu sein.

Willkommen im Klub der Ausgestoßenen und Unsichtbaren!

Deine Elisabeth

Smal talk mit der Familie

Lieber Chandrashekara,
immer wieder spreche ich mit meinem „Helden" über unsere Eltern.

Leider sind meine Eltern schon verstorben.

Als mein Vater noch lebte, habe ich viele, viele Jahre fast täglich mit ihm telefoniert.

Der Held telefoniert in der Regel dreimal wöchentlich mit seinen Eltern, da kommt gut eine Stunde Gesprächszeit zusammen.

Trotz der vielen Gespräche mit den Eltern sind wir der Meinung, dass viele Eltern ihre Kinder gar nicht kennen und oft ein ganz anderes Bild von ihren Kindern in ihrem Kopf haben. Bei unseren Eltern stellten wir fest, dass sie unseren aktuellen Gesprächsthemen schwer folgen können und es ist oft besser, bestimmte Themen bewusst auszusparen.

Meistens unterhält man sich über die alltäglichen Dinge, wie über das Wetter.

Was ich täglich an der Arbeitsstelle ertragen muss, konnten meine Eltern nicht nachfühlen, weil sie es „Gott sei Dank" nicht so erleben mussten.

Inzwischen bin ich mit meinem Büro - mal wieder - auf eine andere Etage gezogen. Diesmal ist es die Etage, in der mein zuständiger Arbeitsbereich sitzt und die Kollegen eigentlich „meine Kollegen" sind.

Seit einer Woche bewege ich mich auf dem Flur, im Waschraum und in der Küche. Ich ernte immer nur eine kurze ernste Begrüßung, wie „Guten Morgen", „Guten Tag" oder „Mahlzeit". Verbissene Gesichter schauen mich an. Lediglich eine Mitarbeiterin lächelt etwas.

Die Pförtnerin hat diesen Umgang beobachtet und meinte, ich solle mir nichts daraus machen. „Irgendetwas köchelt da schon eine ganze Weile und das hat nichts mit ihnen zu tun."

Morgens begehen sie die „Kaffeerunde" und am Mittag die „Mittagspause" in der sehr kleinen Küche. Sie schließen die Tür von innen. Ich deute es als Ausgrenzung, damit ich auch gar nicht in Versuchung gerate, einzutreten.

Ich denke, Platz ist in der kleinsten Hütte, sofern man den Willen dazu hat.

Heute Morgen habe ich beobachtet, wie jeder Einzelne in die Küche geht und seinen Platz für das gemeinsame Frühstück deckt. Es sieht aus wie bei den „Sieben Zwergen", denn es sind sieben Plätze. Lasst mich euer Schneewittchen sein und beim „Tischleindeckdich" mitmachen. Oder lieber nicht?

Es hat ja auch seine Vorteile, der unsichtbare Geist zu sein, denn „Was ich nicht weiß, macht mich nicht heiß." Und diese „Pausengespräche" sind oft nicht gerade schön, halt Klatsch und Tratsch auf einem eher fraglichen Niveau.

In meiner Pause habe ich mit meiner Schwägerin telefoniert. Sie fragte mich, „wie geht es mit deinem neuen Büro?"

„Ja, mmmhhhmm, das Klima ist hier sehr kalt."

„Du solltest dir doch mal, die Frage stellen", sagt sie, „ob es nicht vielleicht doch an dir liegt. Es kann gar nicht sein, dass du nirgends zurechtkommst. Ich kann mich noch an unsere erste Zeit erinnern. Als ich dich kennengelernt habe, da hast du so unnahbar gewirkt: Du, die Studierte, und ich, die einfache Frau. Gib ihnen doch die Chance, dich richtig kennenzulernen, das wird schon, du wirst es erleben."

„Ja, mmmhhhmmm, die „Kolleginnen" kennen mich schon über 20 Jahre."

„Du musst auf sie zugehen, du darfst nicht warten, bis sie kommen", meint sie.

„Ja, mmmmhhhmmm, ich gehe auf keine Partys, wenn ich nicht eingeladen bin."

Gestern war ich bei meinem Vermieter, um mich für eine bessere Wohnung zu bewerben.

Herr Salz, der mich angeschrieben hatte, kam freundlich auf mich zu und teilte mir mit, dass er ab heute nicht mehr für mich zuständig ist.

Ich war nicht über den Zuständigkeitswechsel verwundert, ich war verwundert über die heutige Freundlichkeit.

Wir hatten uns Jahre nicht gesehen und das letzte Zusammentreffen war mir nicht so gut in Erinnerung.

Bei der Begrüßung hielt er lange meine Hand. Etwas zu lange für mich. Es war nicht aufdringlich. Es war vielmehr, als ob er sich an irgendetwas fest halten wollte. So helft mir doch. Ich kann nicht mehr.

„Frau Jacob ist jetzt zuständig", entgegnet er mir, „ich hatte schwere Herzprobleme."

Der sonst so souverän wirkende Mann, war gebrochen, er klagte mir sein Leid. Er erzählte andeutungsweise was ihm hier im Büro alles so eingeholt hat. Noch fünf Jahre bis zur Rente muss er durchhalten. Geht er jetzt, werden es nur 1000 Euro sein, damit kann er gerade mal die Miete aufbringen für seine 2-Zimmerwohnung. Dafür hat er sein ganzes Leben gearbeitet.

„Aber sie wissen, wir aus der ehemaligen DDR bekommen wenig Rente. Ja, und die Umgangsformen der Chefetage mit erkrankten Mitarbeitern ist naja, sie können es sich ja denken."

„Ja. Ich weiß es nur zu gut. Ja. Ich erlebe es jeden Tag."

Er merkt, dass ich mitfühlen kann, obwohl ich wenig zum Thema sage. Das Schicksal, das Leben bringt uns auf Augenhöhe. Vor fünf Jahren hat er mich noch von oben herab abgefertigt.

Herr Salz erzählte weiter: „ Ich habe nicht nur körperliche also „richtige" Beschwerden gehabt, auch psychosomatische. Stellen Sie sich mal vor, in der Reha waren zehn Menschen mit „normalen" Beschwerden und 120 Menschen mit psychosomatisch bedingten Beschwerden. Was macht das Leben eigentlich mit uns? Warum nehmen die psychosomatischen Beschwerden so zu?"

Beim Verlassen des Hauses fragte ich mich, warum hat er ausgerechnet mich ausgewählt, warum erzählt er mir seine Geschichte?

Ich denke, da die Aufgabenverteilung heute erst vorgenommen wurde, hat er dringend jemand zum Reden gebraucht.

Liebe Grüße

Elisabeth

Die Einladung

Lieber Chandrashekara,
als Dank für meine Arbeit bekam ich gestern eine Einladung von einem anderen Unternehmen.

In der Einladung heißt es: „Gemeinsam mit Ihnen haben wir in den letzten 6 Jahren etwas bewegt, deshalb möchten wir Sie einladen…"

Ich freue mich sehr über die Einladung. Seht her, es gibt auch Menschen, die meine Arbeit würdigen. Mein Ego ist angesprochen. Die Veranstaltung findet am Vormittag statt, in der Zeit, in der ich arbeite. Es ist auch ein Arbeitstermin. Trotzdem benötige ich die Genehmigung der Kaiserin.

Ja, was nun?

Ich bin unsicher, ob die Kaiserin mich diese „Lorbeeren" ernten lassen wird.

Was soll ich tun? Denke nach, denke nach, konzentriere dich. Gehe nicht zu deiner Kaiserin, wenn du nicht gerufen wirst, denke ich.

Okay, ich leite die Einladung an die Kaiserin weiter und frage höflich an.

„Sehr geehrte Frau Kaiser,
als Anlage sende ich Ihnen die Einladung.

Wenn ich meine Teilnahme bestätigen kann, teilen Sie mir das bitte mit.

Ich wünsche Ihnen einen schönen Tag.
Grün"

Was für ein Kindergarten?

Ich sende die E-Mail.

Ihre E-Mail wurde gesendet, schreibt der Computer.

Die Kaiserin hat die Nachricht gleich geöffnet, zeigt mir mein Computer an.

Ich warte und warte und warte auf ein Zeichen von ihr.

Keine Antwort, auch einen Tag später nicht.

„Und wenn sie nicht gestorben ist, dann wartet sie noch heute."

Auf jeden Fall habe ich erreicht, dass Frau Kaiser merkt, dass es mich noch gibt, mich, die vergessene Mitarbeiterin.

Auch erreicht habe ich damit, dass ich meine Energie verschwende.

Wer wird teilnehmen?

Letztendlich habe ich schlecht geschlafen, weil Frau Kaiser in meinem Traum entspannt die Einladung annahm. Hey, Kaiserin raus aus meinem Kopf. Du hast ja selber einen Kopf. Die „Lorbeeren" gehören mir, ich habe dafür geschuftet.

Mein Gedankenkarussell dreht sich wieder. Ich sollte auf die Geschwindigkeit aufpassen und an den Dalai Lama denken: „Mind, your mind."

Ja, ich weiß, ich bestimme meine Gedanken und nicht Frau Kaiser. Auch wenn ich mich wie ein kaiserliche Sklavin fühle.

Ja, du hast Recht. Völlig übertrieben.

Ich werde mich bessern und meine Gedanken, gleich kleiner hübscher Haufenwolken, an mir vorbei ziehen lassen. Die Gedanken kommen und gehen. Sie ziehen vorbei. Om. Ich bin ganz bei mir. Om. Ich bin ganz ruhig. Om. Ich lasse mich nicht ärgern. Om. Die Gedanken kommen und gehen. Om. Ich schließe die Augen und halte mir die Ohren zu und halte ganz still und keiner sieht mich und ich bin gar nicht da und ich bin unsichtbar!

„Ene, mene, muh und raus bist du"

„Raus bist du noch lange nicht, sag mir erst…"

Elisabeth

Mitten durch die Blumenrabatte

Lieber Chandrashekara, guten Morgen,
als ich heute Morgen um 5.30 Uhr das Haus verließ, sah ich, dass es die ganze Nacht geschneit hatte.

Die Welt lag still und schweigend, als ich zur Arbeit fuhr. Ich fuhr langsam. Im Radio warnte der Moderator vor Glätte.

Ich glitt mit meinem Auto dahin, noch niemand hatte heute die Straße berührt. Alles sah aus wie mit Puderzucker überzogen. Wunderschön.

Doch wie trügerisch!

Am Firmeneingang musste ich abbiegen, aber mein Auto ließ sich nicht mehr steuern und kam von der Fahrbahn ab.

Hilfe, mein Auto macht was es will. Ob mein Auto wirklich durch die Blumenrabatte wollte?

Das Auto kam zum Stehen, ich stieg aus und schaute leicht erschrocken nach meinem Auto und natürlich auch nach dem verschneiten Blumenbeet. Es scheint alles in Ordnung zu sein.

Glück gehabt.

Dann gingen meine Blicke zum Bürohaus, keiner schaute heraus, sicherlich würden die Anderen dann wieder lästern.

Ich verfolgte meine Reifenspur im Schnee und dann musste ich lachen.

Wenn nun die Anderen die Spuren sehen?

Oh Gott, was kann ich tun?

Im gleichen Augenblick kam ein Auto des Schneeräumdienstes um die Ecke und schob die Fahrbahn frei. Meine hinterlassenen Spuren verschwanden.

Danke, lieber Gott. Danke! Danke! Danke!

Ich lachte über die Situation, obwohl es ja gar nichts zum Lachen gab. Ich war einfach nur froh.

Mein Gedanke dabei, mir haben wieder die „Engel" geholfen. Erst bin ich nur haarscharf einem kleinen Baum in der Blumenrabatte entkommen und dann schicken sie noch ganz schnell den Aufräumdienst.

Es kommt also immer irgendwo Hilfe her. Auch wenn die Hilfe von unerwarteten Helfern kommt.

Ich hoffe, ich habe nicht nur 3 Wünsche frei, denn dann hätte ich das Maß völlig überzogen.

Oft werden meine kleinen Wünsche gleich erfüllt und ich denke, oh, hätte ich mir den Wunsch für was ganz Großes aufgespart.

Doch dann vertraue ich einfach meinen Schutzgeistern.

Irgendwo habe ich einmal gelesen, dass man sich alles wünschen kann und alle Wünsche werden erfüllt. Man muss nur richtig daran glauben und seinen Fokus darauf richten.

Heute habe ich mir gewünscht, dass die Kaiserin mit dem Bettelmann am kommenden Montag nicht zu mir in mein Büro kommt.

Du fragst, was ist denn das für ein Wunsch, dann bleiben die Beiden eben auf dem Flur stehen.

Ich hatte Dir doch geschrieben, dass ich meine Einladung an Frau Kaiser geschickt hatte?

Damit habe ich Energie verschickt, die nun wieder zurückkommen wird.

Ich muss die Situation jetzt aushalten, denn ich habe den Fehler begangen, zum Chef „zu gehen, ohne gerufen worden zu sein".

Also das Echo ist nun, dass die Sekretärin mir mitgeteilt hat, dass am Montagmorgen die kaiserliche Delegation in meinem Büro erscheint und mit mir über meine Arbeit reden möchte.

Meine Gedanken dazu, warum bringt sie dann den Herrn Bettelmann mit? Der Herr Bettelmann ist ein Schleimer. Er hat die Kaiserin um den Finger gewickelt. Er darf sich nun die Rosinen aussuchen, das heißt er sucht sich die besten Projekte aus. Hier geht es eindeutig um eine Übernahme meiner Arbeit.

Ich wette mit Dir, was mit einem Weisen wettet man nicht?

Ich wette mit Dir, dass meine Annahme richtig ist.

Ich spüre, dass sie kommen als Wölfe in Schafspelzen und ich muss mit Angriffen rechnen.

Ich will doch nur in Ruhe arbeiten.

Sicherlich war ich gestern sehr erregt, bei dem Gedanken, jetzt geht es wieder los.

Ruhig bleiben. Abwarten. Gute Schwingungen mit in das Gespräch nehmen.

Ich lasse mich nicht zum Opfer machen. Ich werde souverän mir ihre Anliegen anhören und ich werde nicht auf ihre eventuellen Provokationen eingehen.

Bitte gib mir die Ruhe und die Gelassenheit, mich nicht provozieren zu lassen.

Zwei gegen Eine. Zeugen habe ich keine. Ich bin einfach in einer ganz schlechten Situation.

Om. Om. Om.

Elisabeth

Mitmenschen auf Augenhöhe

Liebe Elisabeth,
da sind ja wieder ordentlich viele Briefe zusammengekommen. Mein ganzer Briefkasten war voll damit. Viele Gedanken und Eindrücke der letzten Zeit.

Was mir auffällt, ist, dass sich etwas in Deinem Schreibstil ändert und formt. Da bewegt sich was. Ich bin selbst nicht der große Schreibkünstler, aber das Problem haben wir ja beide. Wir wissen, dass uns nur Übung auf diesem Weg weiter bringt. Übung im Schreiben nicht nur dahingehend, dass wir die schönen Worte und gelungenen Sätze gestalten lernen, sondern, dass die Gedanken und oft auch die Gedanken, die sich so einfach nicht in Worte fassen lassen, einen Weg aus dem Kopf auf das Papier schaffen. Das ist es, was Übung braucht und natürlich auch das Handwerk Schreiben an sich. Da ich selbst ein Übender bin, glaube ich zu sehen, was Dir da gelingt. Und dafür ein Lob von mir.

Bei den vielen Gedanken, weiß ich selbst nicht, wo ich zuerst anfangen soll, den Faden aufzugreifen. Ich habe inzwischen so viel Gedanken im Kopf, die auf eine Formulierung warten, dass mir die Wahl schwer fällt.

Ich nehme mir einfach den erst besten Gedanken und schreibe ein paar Worte.

In letzter Zeit bekomme ich hin und wieder E-Mails von einem Arzt, mit dem ich mal zusammen gearbeitet habe. Ihm habe ich ein wenig bei Fragen aus meinem

Fachgebiet geholfen und er war immer sehr dankbar dafür. An der Arbeit war er mit seiner Situation nie so recht zufrieden und hat mir gegenüber daraus keinen Hehl gemacht. Es ergab sich, dass er heiraten und nach der Hochzeit für ein paar Monate mit seiner Frau eine Art Weltreise machen wollte. Kurz, seine Unzufriedenheit und die Unbeweglichkeit des Arbeitgebers, dieser wollte ihn nicht für eine längere Zeit beurlauben, nutzte er als Chance und machte einen Aufhebungsvertrag.

Nun ist er in Nepal, Indien und sonst wo unterwegs. Hin und wieder bekomme ich von ihm die besagten E-Mails. Bei seiner letzten berichtete er über die inspirierenden Eindrücke in Nepals Klöstern. Leider sei der Funke bei ihm noch nicht übergesprungen.

Ich habe dann ein wenig den „Weisen" gegeben und habe ihm etwas dazu geschrieben. Den genauen Wortlaut kann ich vielleicht später noch einmal einfügen, aber auf ihn kommt es hier auch nicht an.

Ich hatte schon beim Schreiben der E-Mail und danach sowieso das Gefühl, ihm damit auf die Füße getreten zu sein. Er weiß schon, dass ich mich mit Meditation und Yoga beschäftige, aber er ist jetzt in Nepal, er ist an der Quelle und ich schreibe aus der Ferne belehrende Sätze.

Ich warte auf seine nächste Nachricht. Bis dahin werde ich mich gedulden müssen.

Das ist also ein Beispiel dafür, wie schwer es ist, mit Menschen sich über sein Inneres auszutauschen.

Aber es sind nur meine Gedanken. Im konkreten Fall ist abzuwarten und damit wird sich dieser Teil der Gedanken erledigen. Aber insgesamt bleibt der Gedanke gerechtfertigt, weil es tatsächlich nicht so leicht ist, mit einem Mitmenschen auf Augenhöhe zu gelangen. Es ist selten, auf einen Menschen zu treffen, mit dem man sich auf Augenhöhe austauschen kann, oder wo einfach beide nur die Technik des achtsamen Umgangs miteinander üben.

Bei dieser Gelegenheit sende ich Dir noch zwei weitere Briefe der letzten Tage, welche ich die ganze Zeit mit mir herumgetragen habe.

Ich sehe Dich!

Chandrashekara

Ohne Anpassung geht es nicht

Liebe Elisabeth,
ich weiß nicht, was ich noch dazu sagen soll. Die Situation auf Arbeit ist wie sie ist.

Da versuchst Du, ehrlich der Arbeit nachzugehen. Zeigst an, was nicht richtig läuft und gibst dabei nicht auf. Nur die Situation wird nicht besser. Es ist gar inzwischen so, dass, egal wie Du handelst, dies Dir zum Nachteil gereicht.

Ich habe keine Lösung, andere Menschen auf den rechten Weg zu bringen.

Es ist richtig, wie wir denken und handeln. Nur schützt uns dies lediglich bedingt vor der Willkür anderer Menschen.

Völlig richtig ist, dass wir, jedenfalls von der Rechtsordnung und dem Gedanken, dem diese entsprungen ist, in einem demokratischen Rechtsstaat leben. Was den Gedanken, dem diese entsprungen ist, angeht, möchte ich das gleich jetzt und hier eingrenzen. Ich meine den Gedanken der idealer Weise dahinter steckt. Aber auf diese Diskussion will ich jetzt nicht hinführen. Nur eingrenzen, um Missverständnisse vorzubeugen.

Das System, dass wir demokratischen Rechtsstaat nennen, oder manchmal auch soziale Marktwirtschaft, ist nichts weiter als eine Ansammlung von Menschen mit unterschiedlichem historischen Hintergrund und auch unterschiedlichen Idealen, die darin leben. Und damit ist schon alles erklärt.

Wir gehören zu denen, die etwas weiter denken und auch schon davor die Ideale etwas höher angesehen haben. Das ist unser Weg und damit auch richtig so. Wollen wir jedoch Einfluss nehmen, sind wir, egal in welchem System wir leben, der Mischung aller Zustände, die uns umgeben ausgesetzt. Das heißt, das meine Ideale als Lobby nicht jeden überzeugen und so ist erklärlich, weshalb wir so manches Mal allein dastehen. In dieser Situation ist immer wieder neu klug abzuwägen, welche Schritte angeraten sind. Geht es an die Substanz, ist der Rückzug oft klüger. Dann soll es jetzt nicht sein. Vielleicht sollte sogar etwas erst im nächsten Leben geklärt werden.

Ich weiß, das ist nicht besonders befriedigend, aber übergeordnet gesehen, ist es so.

Man kann auch angreifen und gleichzeitig defensiv sein.

Zum Beispiel mit einem Schmunzeln die Projekte übergeben und bestenfalls erklären: Ich habe nichts anderes erwartet. – Nein, lass den letzten Satz weg.

Mir wird auch nicht wohler, wenn ich über andere Firmen nachdenke. Ich habe Dir von meinen Telefongesprächen mit Tom erzählt. Tom von der Sportschule, der jetzt in einem Berliner Bauunternehmen arbeitet, viel mehr Geld bekommt als ich und offensichtlich ganz glücklich in den Kaffeerunden seiner Firma ist. Naja, ein Häuschen hat er auch noch. Auf dem gleichen Grundstück wie seine Eltern.

Ich hatte bei dem Telefonat kein gutes Gefühl. Bis jetzt haben wir uns nicht wieder gegenseitig angerufen. Ich habe es auch nicht mehr vor.

Oder meine Eindrücke aus Karlsruhe. Ich war für einige Tage dort. Durchweg gute Erfahrungen mit der Stadt. Nur irgendetwas hat mir an den Bewerbungsgespräch nicht gefallen. Vielleicht war es eine Spur zu viel Arroganz und Selbstgefälligkeit der mir Gegenübersitzenden. Jedenfalls ist da ein Gefühl in mir, was mir abrät mit diesem Unternehmen zu arbeiten. Man muss nicht in der Lage sein, alle Gefühle in Worte zu fassen.

Also auch an anderen Orten ist es schwierig. Als Erkenntnis nehme ich nur mit, dass es ganz ohne Anpassung nicht geht.

Verbiege Dich trotzdem nicht und bleib wie Du bist.

Chandrashekara

Die Zügel

Liebe Elisabeth,
zunächst möchte ich noch einen Gedanken aufgreifen, der zu dem passt, was ich gestern geschrieben habe. Etwas was ich auch selber erlebt habe und was so schwer in Worte zu fassen ist.

In unserem alltäglichen Leben ist es oft sinnvoll, sich anzupassen. Dies geschieht zum Beispiel durch angepasstes Verhalten und Reden. So weit ist es auch gut. Nur müssen wir uns dieser Vorgänge bewusst sein, sie zumindest hin und wieder hinterfragen.

Wo ich hin will, kann ich gleich zu Anfang sagen. Es ist gleich wie die Prozesse des Verdrängens oder Unterdrückens.

Beim Unterdrücken halten wir etwas für eine Zeit im Hintergrund und beschäftigen uns später mit diesem Thema.

Beim Verdrängen ist gemeint, ein Thema nicht aufzugreifen und Regungen und Gefühle unter den Teppich zu kehren.

Ersteres ist eine vernünftige Handlung und das Zweite führt dazu, dass im Unterbewusstsein ein ungelöstes Problem verbleibt.

Das Anpassen hat diese Grundmuster ebenso in sich. Wenn wir uns beim Anpassen in einer Art bremsen oder besser gesagt zügeln, dann müssen wir dafür Kraft aufwenden indem wir die Zügel straff halten. Geschieht das wider der Natur, schneiden uns die Zügel in die Hände. Das ist es, was sehr oft unmerklich passiert und uns Schaden zufügt.

Andererseits wird es aber auch gefährlich, wenn man sich nicht bremst und die Zügel zu locker lässt. Quasi ungebremst rast man gegen einen Widerstand. Der Widerstand ist die Wirklichkeit der Anderen, wegen der man eigentlich bremst.

Das Straffhalten der Zügel hat mir selbst schon viel Schaden zugefügt. Zunächst unmerklich für mich und andere. Irgendwann habe ich es gemerkt, aber keine Lösung für dieses Problem gehabt. Als die Wunden immer größer worden, waren sie nicht mehr zu übersehen und auch andere haben sich davor erschreckt. Natürlich war ich in den Augen der Anderen in Wirklichkeit selber schuld. So etwas macht man nicht. Die Zügel führt man anders. Anders, aber wie?

Heute ist mir vieles klarer.

Es gibt den Zugang zur Wirklichkeit, nur hat ihn nicht jeder gleichermaßen. Deshalb ist ein gewisses Maß an Anpassung notwendig. So gesehen schmerzt es auch nicht, die Zügel abwechselnd straff und wieder locker zu führen. Vielleicht taugt auch das Spiel mit dem Wind beim Gleitschirmfliegen als Beispiel. Dabei muss man die Leinen auch fest im Griff haben. Im Einklang mit den Gesetzen der Natur, wird der Schirm auch das machen, was er soll. Gegen die Natur ist man machtlos.

Also Geduld beim Verhalten mit unserer Umwelt. Manchmal, sehr oft sogar, muss man sich bremsen. Dieses Gesetz als Naturgesetz achtend, kann man dies auch ohne Verletzungen zu erleiden, lange durchhalten. Mehr ist im Moment nicht möglich.

Hält man die Zügel ohne diese Einsicht, quasi mit sturem Willen, wirkt es verletzend auf einen selbst.

Was ich nicht meine, ist, alle Stimmen in sich dauerhaft zu unterdrücken, also zu verdrängen. Dies ist nicht nur eine andere Art von Tod, sondern derselbe auf Raten. Es kommt auf die Einsicht an und auf das Maß im Einklang mit den Naturkräften.

Chandrashekara

Theater

Lieber Chandrashekara,
eigentlich wollte ich den Tag heute schön ruhig angehen, aber es wurde schon wieder hektisch beim Öffnen meines E-Mail-Postfaches.

Am Freitag erhielt ich in meiner Abwesenheit eine Nachricht von einer anderen Firma, dass irgendwelche statistischen Zahlen der letzten 20 Jahre nicht stimmen. Ja, es sind nicht irgendwelche, es sind ganz bestimmte Zahlen von bestimmten Orten. Die Recherche dazu ist kein Problem, nur die Frist zur Abgabe ist übermorgen. Da frage ich mich, 20 Jahre ist es niemanden aufgefallen? Warum jetzt so kurzfristig?

Heute gerade, oder vielleicht gerade heute, wo die Kaiserin mit dem Bettelmann kommt, um mit mir über meine Arbeit zu reden.

Wo ich mir heute einen Knoten in die Zunge machen muss, um nicht mit „spitzer" Zunge gegen die Beiden zu sprechen, was so wie so nichts bringt. Ich bin ja der Meinung, DIE kommen wegen etwas Anderem. Ich muss ganz brav sein.

Ich werde immer nur so brav sein, wie ich „mein brav" sein mit mir vereinbaren kann.

Ich werde mich mit guten Gedanken einschwingen auf das Gespräch: Ich liebe Euch doch alle. Wir sind eins. Bitte lasst mich in Frieden arbeiten.

Wie sagte mein Held, wir spielen alle im Theaterstück mit, müssen nur aufpassen, dass wir im Zuschauersaal sitzen. Und im Theaterstück kommt dann die Szene: Wer den Mund aufmacht, wird „umgebracht oder für wahnsinnig erklärt".

Er meint, Hölderlin hat wohl mal gesagt, gehen Sie davon aus, dass ich wahnsinnig bin.

Vielleicht ist dies ein Schutz für die Verrückten, dann ist man endlich auf Augenhöhe. Zahn um Zahn. Wahnsinn zu Wahnsinn.

So, lieber Chandrashekara, ich beende jetzt die Zeilen, ich kann mich schlecht konzentrieren, ich melde mich später noch einmal, wenn die „Welle" über mir verschwunden ist.

Liebe Grüße

Elisabeth

Gebet

Lieber Chandrashekara,
ein Gebet zum Anfang:
Lieber Gott, bitte lasse die Kaiserin dort wo sie ist, sie soll nicht zu mir kommen, ich möchte sie einfach nicht sehen und natürlich auch nicht hören und ich möchte auch keine E-Mail von ihr. Lieber Gott, lass sie in Frieden dort sein, wo sie gerade ist.

Kurz danach kam der Anruf ihrer persönlichen Sekretärin: "Ja, ich soll ihnen von Frau Kaiser ausrichten, dass sie heute nicht kommt, da der Herr, was anderes macht, und da kann sie nicht, dann ist alles erledigt, dann können Sie ja mal rein sehen, wenn Sie in der Nähe sind. Ach, Sie wissen noch nicht, wann Sie wieder in Sonnenschein sind. Naja. Tschüss."

Verstanden habe ich nicht viel, außer, sie kommt nicht. Juhu! Dreimal um den Stuhl bin ich gehüpft, leise jubelnd, die Kaiserin kommt nicht. Juhu. Lieber Gott, danke.

Erst jetzt merkte ich an meiner Freude, wie sehr mich der angekündigte Besuch belastet hat.

Fassen wir einmal zusammen: Ich habe seit fast fünf Tagen einen fortwährenden Dialog mit der Kaiserin in meinem Kopf geführt. „Sie" hat mich nachts nicht in Ruhe schlafen lassen und war überall präsent. Ebenso dieser furchtbare Clown, der Bettelmann. Sein breites Grinsen mit seinen nikotingefärbten Zähnen lachte mir überall entgegen.

Das Schlimme ist, ich kann mich nicht gegen den Irrsinn der Beiden zur Wehr setzen.

Die Kaiserin ist die uneingeschränkte Herrscherin, sie hat die Gewalt über ihr Volk.

Schreit sie: „Springt!"

Dann springen sehr viele ihrer Untergebenen, ohne nachzudenken. Manche gefolgt von einer breiten Schleimspur.

Alle werden nicht springen und das macht mir Hoffnung.

Warum springen sie?

Sehen sie den Abgrund nicht? Vielleicht.

Sie sind einfach abhängige Sklaven. Versklavt von ihren Errungenschaften, auf die sie noch mächtig stolz sind.

Errungenschaften wie eine Ehe, liebe Kinder, ein großes auf Pump gekauftes Auto und ein Häuschen, für das Generationen die Kredite tilgen müssen, ob sie wollen oder nicht.

Juhu, ich bin zwar frei, könnte jeden Tag gehen, aber meine „gute" Erziehung treibt mich täglich zur Arbeit.

Wie stolz könnten meine Eltern sein, sofern sie noch lebten, wie brav ihre Tochter das alles erduldet.

Dabei ist mir übel. Kotz übel. Wie lange kann ich noch in diesem falschen Spiel mitspielen?

Die Freude über das Nichterscheinen seiner kaiserlichen Hoheit hielt nicht lange an, getreu der Worte: Freue dich bloß nicht zu früh.

Nach der Freude kamen meine Gedanken:

Warum macht sie das?

Was steckt dahinter?

Die hecken doch was aus.

Ich leide unter Verfolgungswahn.

Meine Gedanken spinnen ein Netz voller Bösartigkeiten und Eventualitäten.

Ich merke es, die machen mich krank.

Ich möchte an schöne Dinge denken.

Die sogenannte Selbsterfüllende Prophezeiung tritt ein. Die Frau Kaiser ist in meinem Kopf und prompt kommt eine E-Mail von ihr: „Treffen zur Arbeitsverteilung in 10 Tagen in meinem Büro. Herr Bettelmann wird ebenso anwesend sein."

Was hat er mit meiner Arbeit zu tun?

Nichts.

Also was steckt da hinter?

Überrumpelungstaktik?

Auch möchte sie nicht mit mir allein sein.

Hat sie Angst vor mir oder vor sich selbst?

Sie braucht einen Zeugen.

Sie führt mich vor.

Ich muss bei dem Drama mitspielen und sitze nicht im Zuschauersaal.

Sie kommen, um mir meine Arbeit wegzunehmen. Projekte, die ich geboren habe, wie mein Kind. Die Projekte werden mir fehlen, denn sie haben mir täglich mein Selbstbewusstsein gestärkt: Sieh her, du kannst was. Du bist gut. Lass dir nichts einreden, haben "meine Kinder" gerufen.

Und jetzt gehen sie zum Schleimer, der in ihnen akribisch Fehler suchen wird. Mir wird übel.

Loslassen!

Nicht verhaftet sein an den Dingen!

Loslassen!

Durchatmen.

Ich bin aber wütend.

Ich bin sauer.

Scheiße!

Loslassen!

Ich werde die Kaiserin mit dem schleimigen Bettelmann ziehen lassen.

Ich gebe sie mit Liebe frei. Möge es ihnen gut gehen!

Deine Elisabeth

Alte Kollegen

Lieber Chandrashekara,
heute treffe ich mich mit meinen alten Kolleginnen, welche bereits in Rente sind.

Die eine Kollegin hat eine Altersrente.

Die andere Kollegin erhält eine Erwerbsunfähigkeitsrente, aufgrund von ständigen Mobbing-Attacken ist sie schwer erkrankt.

Wie der Zufall so will, treffe ich am Ausgang des Hauses, beim Pförtner, unseren ehemaligen gemeinsamen Kollegen, Herrn Schlafmütze.

„Hallo, Du, ich treffe mich jetzt mit Liesel und Heidi, wir wollen Kaffee trinken."

„Ja, äh ...", er geht weiter und bleibt kurz an der Tür stehen, bevor er sie öffnet, zögert einen Augenblick, öffnet die Tür und verschwindet ohne ein weiteres Wort.

Der Pförtner fragt mich: "Was war das denn? Der hat Sie doch akustisch verstanden."

„Ich denke, ja."

Etwas ärgere ich mich über mich selbst, dass ich überhaupt etwas gesagt habe.

Einerseits habe ich nicht überlegt, nur freudig daher geplappert.

Anderseits habe ich an die alten erträglichen Zeiten gedacht.

Und mein „Ego" rief, schaut her, es gibt auch Menschen, die mich mögen. Die verbringen ihre Freizeit freiwillig mit mir. Die kommen zu mir nach Hause und trinken mit mir Kaffee.

Der nächste Fehler war, dass ich diese Szene, den beiden Frauen erzählt habe. Damit habe ich den Ärger nicht nur selber erlebt, sondern aus diesem Ärger dreimal Ärger hergestellt.

Ja, die beiden Frauen haben sich über das Verhalten von Herrn Schlafmütze gewundert und ich glaube auch, geärgert.

Ja, es tut mir leid, es war nicht mein Tag.

Das ist keine Entschuldigung!

Ich werde besser aufpassen. Ich werde besser auf meine Gedanken und auf meine Taten aufpassen.

Entschuldigt!

Elisabeth

Wirklichkeiten

Liebe Elisabeth,
gestern war meine Mutter zu Besuch mit ihren beiden Freundinnen.

Es war schön, aber es war auch anstrengend.

Ich kam ja erst später hinzu. Da waren die drei Frauen schon lange im Gespräch. Und wie es da ging. Von einem Thema zum anderen. Zum Denken, etwas hinzufügen, weiter betrachten, war da kein Raum.

So hatte ich nicht nur meinen ersten Arbeitstag nach einer Woche Krankheit hinter mich gebracht, sondern auch mein Hinzukommen zu der Frauenrunde. Später, als ich mich gegen 20 Uhr mit einer Zeitschrift und einem Buch nieder lassen wollte, klingelte dann der Nachbar an der Tür. Ob ich mir nicht an seinem Flugmodell mal eine Sache mit ansehen kann. Klar doch. Und so war es dann 22 Uhr.

Alles in allem ein Tag an dem ich viel gemacht habe aber, fast wäre es eine Abwechslung gewesen, mal weniger Zeit für mich. Wenig in dem Sinn, dass ich weniger mit meinen eigenen Gedanken beschäftigt war, nicht so viel über das Selbst gedacht, geschrieben und so die Gedanken aus dem wortlosen Raum in das Reich der Sprache gebracht habe. Ich habe es gespürt und es hat mir gefehlt.

Bei allen Tätigkeiten des Tages war ich ganz bei der Sache. Mit Sicherheit waren aber die Momente selten, in denen sich zwei Menschen darüber im Klaren waren, was sie taten und dass es da noch mehr gibt. Dass sie eine Ahnung streifte, wer sie sind. Wir können nicht darauf rechnen, gekannt zu werden. Meist leben die Mitspieler in ihrer Wirklichkeit, die sie für die richtige halten. Zwei Wirklichkeiten und dazwischen eine Wand.

Mit der Frauenrunde und meiner Wenigkeit kamen doch Menschen zusammen, die darüber mehr oder weniger Kenntnis haben. Für die Frauen war das Eine oder Andere vielleicht hilfreich. Eigene schmerzliche Erfahrungen mit Mobbing und Co. haben die Damen auch erfahren.

Sicher bin ich mir dennoch nicht, ob immer alles so verstanden wird, wie es von mir gedacht wurde, bevor ich es in Worte verpackt habe.

Um dies festzustellen, braucht es lange Gespräche mit einem ehrlichen offenen Umgang miteinander. Einfach so die Wand zwischen den Wirklichkeiten nieder zu treten und die eine Wirklichkeit vor die andere zu stellen, ist selten bekömmlich.

Ich habe kein Rezept dafür. Möglicherweise geht dies nur über die eigene Erfahrung. Entweder man ist offen, andere Wirklichkeiten anzuerkennen oder man braucht erst einen guten Grund dafür, seine bisherige Welt in Frage zu stellen und neue Wege zu gehen.

In diesem Sinne kann man Impulse setzen. Meist durch ich bin so wie ich bin.

Aber nie wieder wird man die Kunst beherrschen, in der Wirklichkeit der Anderen perfekt zu sein. Es bleibt beim Anpassen. Geheilt wird man in den Augen der Anderen nie mehr werden.

Dies ist es, was man das Dilemma der Psychotherapie nennt. Geheilt, freut sich der Therapeut, und die Anderen wussten es schon immer, dass dem nicht zu helfen ist.

Zwei Gedanken fallen mir noch ein. Einmal der Stichpunkt, Denken als Rauschmittel und zum anderen Schillers Freundes Freund.

Nun zum Denken als Rauschmittel. Das wollte ich so nicht denken, wie es sich als Wortgruppe vor mir aufbaut, aber so betrachtet ist es auch zu denken.

Ist es nicht ein schönes Gefühl, wenn man begriffen hat, dass man für sein eigenes Denken verantwortlich ist? Endlich ist der Zugang gefunden und man mag gar nicht mehr aufhören so zu denken, zu probieren und sich so zu verändern. Nicht nur, weil plötzlich eine Einsicht mit dem Herzen da ist, mag man sich kein Rauschmittel mehr antun, sondern es bedarf eines solchen nicht mehr. Es ist Vergnügen genug, sich selbst genug zu sein.

Ich ahne es, der Psychotherapeut wird gleich die Hände über den Kopf zusammen schlagen, wenn er von mir die These vernimmt, eine gute Suchttherapie zeigt sich in einer gelungenen Suchtverlagerung.

Hat schon mal jemand so gedacht?

Nun, ganz so simpel ist es nicht. Die Qualität einer bloßen Verlagerung ergibt sich nicht, weil mit der Annahme der neuen Wirklichkeit nicht nur Problemeinsicht vorhanden ist, sondern auch Problembearbeitung stattfindet. Eigenschaften einer Sucht werden bedient, wenn mit der neuen Art zu denken eine Verhaftung manifestiert wird, die sich zunächst in Stagnation bemerkbar macht. Nicht eigentlich eine Sucht, sondern eine Verhaftung. Man mag selber entscheiden, wie weit man auf seinem Weg geht. Die Selbstverwirklichung ist ein langer Weg.

Jetzt noch zu Herrn Schiller und seiner Ode an die Freude. „Wem der große Wurf gelungen, eines Freundes Freund zu sein; wer ein holdes Weib errungen, mische seinen Jubel ein." (Schiller, Walther Victor, Verlag Neues Leben, 1961,Seite 282)

Ist das nicht eine Enttäuschung?

Ich glaube schon. Weil im Wortsinn der Enttäuschung die Täuschung aufgehoben wird. Zunehmend wird uns klarer, dass wir einer Täuschung unterlagen und wir keine Einzelwesen sind, sondern sich dahinter etwas anderes verbirgt. Und je mehr ich von der Wahrheit verstehe, desto weniger kann ich sie jemandem mitteilen. Ich werde nicht verstanden.

Auf Gefährten braucht man nicht rechnen. Es gibt sie. Nicht aber in der alt bekannten Selbstverständlichkeit. Das war Schiller offensichtlich klar. Er hatte Freunde. Nur muss man sie da suchen, wo man verstanden wird.

Mit Schiller möchte ich schließen:

„Ja – wer auch nur eine Seele sein nennt auf den Erdenrund!"

Chandrashekara

Gelassenheit üben

Lieber Chandrashekara,
Du schreibst, ist es nicht ein schönes Gefühl für sein eigenes Denken verantwortlich zu sein.

Ja, ist es.

Wenn wir dann einfach die Welt ein wenig besser denken, um mit den positiven Schwingungen noch mehr positive Schwingungen zu erzeugen.

In der Werbung sagt man, ein zufriedener Kunde bringt zehn neue Kunden.

Es spricht sich also rum, da kannst du hingehen, da wird dir geholfen.

Wenn ich also etwas Gutes mache, dann potenziert sich auch dies.

„Wenn du denkst es geht nicht mehr, kommt irgendwo ein Lichtlein her."

Ist mir oft passiert. Völlig fremde Menschen haben mir geholfen.

Ich weiß noch so viele Geschichten um dieses „Lichtlein".

Da stehe ich mit meiner damals noch kleinen Tochter mit einem Einkaufswagen voller Kisten aus einem großen Möbelhaus vor meinem Auto.

Ich habe Rückenschmerzen und habe mich wohl etwas übernommen. Ebenso habe ich die Platzkapazität meines Autos überschätzt. Plötzlich kommt ein Mann mit seiner Frau um die Ecke und nimmt mir einfach die Kisten ab und sagt zu mir, lassen sie uns das mal machen.

Jane und ich stehen da rum und sehen, wie wildfremde Menschen durch unser Auto turnen.

„Los Helga, dann zieh mal an der Kiste, ne, so geht das nicht, stell dich nicht so an, ja, die Kiste drehen, gut, jetzt die andere Kiste daneben, und warte, die dahin, ja, das geht, greif mal hier durch, halte mal, zu schwer, geht, passt..."

Das hat gute 20 Minuten gedauert und dann war alles drin, sogar Jane.

War das eine Hilfe!

Außer uns zu bedanken, konnte wir nichts tun.

Doch dachte ich, ich werde einfach zwei anderen Menschen helfen. Und wenn die beiden Menschen, dann wieder zwei Menschen helfen, dann hat man schon vier Menschen geholfen und die Welt ist ein wenig besser geworden.

Also wenn ich jemand helfe und der dann zu mir sagt, „vielen Dank, bei Gelegenheit werde ich mich bei dir revanchieren", dann sage ich immer, „vielen Dank, aber gib die Hilfe irgendwann jemand, der sie braucht."

Die Welt ist schön.

Ich bin der Meinung, dass es endlich einen Radiosender geben sollte, der nur positive Nachrichten bringt und vor allen Dingen, so ganz nebenbei bemerkt, auch keine Werbung. Sicherlich kann man auch schlechte Nachrichten, positiv verpacken. Beispiel, wir sind total dankbar, das Oma bei ihrem schweren Treppensturz nur kleine Blessuren davon getragen hat.

Mit mehr Ruhe sich durch die Welt bewegen.

Nicht hektisch Auto fahren.

Gestern war ich mit dem Auto unterwegs und es behinderte mich bewusst ein Radfahrer. Er überquerte die Straße und brachte sich in Sicherheit. Auf der anderen Straßenseite ließ er sein vielleicht fünfjähriges Kind mit dem Fahrrad stehen. Ich fahre vorausschauend und weiß, was gleich passiert. Der Vater wendete sein Rad, fuhr zurück und blieb unmittelbar vor meinem Auto stehen. Er blockierte also die Fahrbahn und redete so eine gefühlte Ewigkeit vor meinem Auto mit seinem Kind.

Hinter meinem Auto bildete sich ein Stau. Die ersten Fahrer hinter mir begannen zu hupen.

Kann der Vater nicht auf den Fußweg gehen und sich dort mit seinem Sohn auseinandersetzen?

Der Vater redet und redet.

Ich warte und warte.

Meine Hand zuckt schon. Sie will auf die Hupe. Om. Ich bin ganz ruhig und ich habe ganz viel Geduld mit einem störrischem Kind und einem „blöden" Vater.

Du merkst, langsam, werde ich sauer.

Blödmann bewege doch deinen Hintern von der Straße, dass ich endlich weiter fahren kann.

Ich beginne mit Atemübungen.

Wenn ich jetzt hupe, dann hat das Kind vielleicht ein Trauma für den Rest seines Lebens.

Warum geht der Mann so schlecht mit meiner Zeit um? Bitte geh doch von der Straße. Bitte.

Ich bin am Verzweifeln.

Ich schüttele etwas meinen Kopf hin und her, um so mein Verständnis zu zeigen. Ja, gut, Unverständnis. Die Welt ist gut.

Vielleicht wollen die Engel mich ja nur aufhalten. Ansonsten sehe ich keinen Sinn darin.

Nach gefühlten zwanzig Minuten ist das Kind gemeinsam mit dem Vater und den beiden Fahrrädern in der Lage, die Straße zu überqueren und die Fahrbahn ist frei.

Da kommt von vorn auf meiner Fahrspur ein Auto und denkt gar nicht daran, dass ich „Vorrang" habe und nun endlich mal nach Hause will. Der denkt nur an sich.

Ich warte. Ich winke ihm sogar noch freundlich zu, als er sich für seine „Frechheit" bedankt.

Ich fahre und komme endlich zu meinem Stellplatz und da steht Herr Überprotzig wieder halb auf meinem Parkplatz, so dass ich nur mühevoll mein Auto einparken kann. Mühevoll und etwas wütend versuche ich mich aus dem Auto zu schälen, denn die Türen gehen nicht ausreichend auf, da das dicke Auto „mir" so nah kommt.

Oh, Gott, vielen Dank für die „Gelassenheit".

Elisabeth

Die Rente

Lieber Chandrashekara,
an meine Wand im Büro hängt eine kleine Karikatur. Da sitzen zwei Alte auf einer Bank im Sonnenuntergang. Auf der Postkarte steht: „Glaubst du, es gibt ein Leben nach der Arbeit?"

Wenn es nach unserer Regierung geht, gibt es nicht mehr viel Leben nach der Arbeit.

Das Renteneintrittsalter wird jährlich hochgesetzt und ich sage seit vielen, vielen Jahren: „Noch 20 Jahre."

Morgens, wenn ich mich so ganz, ganz langsam aus dem Bett quäle, ist für mich der schlimmste Zeitpunkt des Tages erreicht. Der Übergang vom Liegen, in das Sitzen auf der Bettkante bis zum Stehen auf meinen beiden Füßen und dann noch los laufen in die Küche.

Draußen ist es dunkel, es ist kalt, alle schlafen, nur ich, ich kleine Lisa, muss, ja, ich muss aufstehen.

Ja, ich weiß, Du sagst, ich mache das freiwillig.

Für mich ist es eine Qual. Ich schleppe mich an die Arbeit.

Wie Du ja schon tausendmal gehört hast, macht die Arbeit keinen Spaß und ich sehe nur den Sinn darin, dass ich „meine Brötchen" verdiene. Ich arbeite um zu leben und nicht umgekehrt, d. h. ich lebe nicht um nur zu arbeiten.

Ich bin fleißig und ich arbeite gern. Ich möchte eine sinnvolle Arbeit, für die ich mich berufen fühle!

Eine sinnvolle Aufgabe kann auch Waschräume putzen sein.

Ich sollte schon meine Wünsche genau äußern, sonst geht beim „Himmlischen Bestellservice" etwas schief.

Du kennst ja die Geschichte, wo ein Mann immer zu Gott betete: „Herr, lass mich im Lotto gewinnen."

Als der Mann stirbt, steht er vor dem Himmelstor und Gott erscheint.

„Mein Gott", sagt der Mann, „warum hast du mich nicht im Lotto gewinnen lassen, dann wäre mein Leben schöner gewesen."

Gott sagt, " ja, ich hätte dich gern gewinnen lassen, aber du hast den Lottoschein nicht abgegeben."

Hier gibt es noch zwei fragliche Dinge:

Wir haben schon ganz oft im Lotto gewonnen. So ca. 5 Euro waren es. Ich glaube, das hat der Mann nicht gemeint. Er meinte, lass mich ganz viel Geld mit viel Kaufkraft gewinnen.

Macht viel Geld glücklich?

Ja, ich weiß Geld beruhigt die Nerven und man kann ruhiger schlafen. Oder auch nicht, weil man Angst hat, dass man das Geld verliert, weil man überlegt, was man kauft, weil man „falsche Freunde" bekommt, weil man Glück, Frieden und Gesundheit nur bedingt kaufen kann.

Mein Held sagt immer, wenn er mal viel Geld hat, dann würde er unauffällig weiter leben. Also ohne Protz und so.

Das wichtigste für den Helden ist, dass er sich damit Lebenszeit kaufen kann.

Sich nicht verkaufen zu müssen, welcher Luxus!!!

Die Menschen, die genügend Geld haben und nicht arbeiten müssen, sollten mal einige Minuten „in sich gehen" und sich richtig darüber freuen, wie frei sie sind.

Ich meine nicht unbedingt die Rentner oder die Kranken.

Du weißt ja, wie ich das meine.

Deine Elisabeth

Das Denkmal

Lieber Chandrashekara,
jeden Tag fahre ich an meinem persönlichen Denkmal vorbei.

Vor vielen Jahren ging ich oft mit meiner Tochter in ein kleines Restaurant essen. Wir bestellten uns zum Nachtisch immer jeder ein Milchgetränk mit bunten Trinkröhrchen aus Plastik darin. Da die "Strohhalme" nach dem Gebrauch sowieso weggeschmissen wurden, haben wir diese mitnehmen dürfen.

Auf dem Heimweg hatten wir dann die Idee, daraus unser persönliches Denkmal zu bauen. Ein Denkmal des Glücks, über unsere Freude, dass es uns so gut geht. An einem Abgrenzungsholzpfahl einer Wiese haben wir die Trinkröhrchen in die Erde gesteckt. Immer schön ringsherum, spiralen förmig. Jede Woche kamen mindestens zwei dazu.

Eines Tages kam ein großer Rasenmäher an dem Denkmal vorbei, er hat das Denkmal verschont und es steht heute noch.

Immer freue ich mich, wenn ich da vorbei gehe. Es macht mir gute Laune und verschafft mir Augenblicke des Innehaltens und der Dankbarkeit.

Wenn wir uns in unserer Umgebung umsehen, sehen wir viele solche Dinge.

Früher schnitzten die Liebespaare in Bäume ihre Initialen. Finde ich für die Bäume zwar nicht gut, aber der glückliche Moment wurde festgehalten. Also ein kleines privates Denkmal.

Vor einigen Jahren brachten Liebespaare Vorhängeschlösser an Brücken an. Sogar am Eifelturm habe ich welche gesehen.

In der Presse schrieb man dann, die Statik der Brücken wäre nicht mehr gegeben und entfernte mühevoll die Schlösser.

In unserer Stadt hat irgendjemand einen Baum umhäkelt mit bunter Wolle. Der Baum sieht jetzt aus, als hätte er einen Pullover an.

An der Autobahnbrücke steht mit Farbe geschrieben: Marie ich liebe dich.

Jeder kann sich kleine Denkmäler bauen, kleine Momente des Innehaltens schaffen. Bring einen Stein, einen besonders schönen Stein vom Meer mit und lege diesen in den Vorgarten.

Binde eine rote Schleife an einen Baum. Verändere etwas.

Ich habe noch so einen fröhlichen Punkt auf meinem Weg gehabt.

Ja, schön war es eigentlich nicht, aber die Situationskomik hat mich zum Lachen gebracht.

Ich war schwanger und versuchte gemeinsam mit dem werdenden Vater eilig zum Bahnhof zu kommen. Der werdende Vater war hinter mir und stolperte. Er flog an mir vorbei, er flog und flog und landete und rutschte ca. zwei Meter auf dem feuchten Asphalt auf seinem dicken Bauch die Straße entlang. Gott sei Dank, er stand auf und öffnete seinen Aktenkoffer. Im Koffer hatte er zwei

Milchflaschen und diese waren kaputt, überall ergoss sich die Milch. Er entfernte die Scherben und stellte diese an einen Mülleimer einer Baustelle. Und ich lachte und lachte und lachte und er war berechtigt sauer.

Immer wenn ich an dieser Stelle vor dem Bahnhof vorbei gehe, lache ich und habe das Bild vor mir, wie ein Mensch ohne weitere Hilfsmittel versucht zu fliegen.

Sicherlich hat der Gefallene andere Assoziationen mit dieser Stelle am Bahnhof.

Übrigens den Zug haben wir verpasst.

Denk mal an…

Elisabeth

Der gemobbte Handwerker

Lieber Chandrashekara,
ich bin nicht allein auf der Welt. Klar.
Ich meine, ich bin nicht allein das Mobbingopfer. Wobei das Wort Opfer mir hier nicht gefällt.

Ich hatte schon einige Fälle aufgeführt und es werden immer mehr, wenn man sich umsieht.

Zum Beispiel schlich vor mir mein Nachbar die Straße entlang.

„Hi, Karl, was hast du denn gemacht? Hast Du dich beim Sport verletzt?"

„Pst, nicht so laut."

„Ja, was ist denn, geht es Dir nicht gut, kann ich Dir irgendwie helfen?"

„Ne, ich werde gemobbt."

„Das ist jetzt, aber ein Scherz. Du wirst gemobbt, Du bist doch Handwerker, jung, dynamisch, attraktiv, immer fröhlich und hilfsbereit, nein, das kann ich nicht glauben."

„Doch schon ganz lange und jetzt geht es nicht mehr, ich bin krank und mache eine Therapie."

„Du veralberst mich."

„Nein, nicht so laut, die anderen Nachbarn sollen das nicht merken. Ich bin schon fast ein Jahr arbeitsunfähig. Und mit der ganzen „Scheiße" habe ich jetzt nur noch Krankengeld und kann kaum die laufenden Kosten der Familie aufbringen. Meine Ehe geht daran kaputt, Ute muss jetzt putzen gehen."

In der Folge der Zeit sah Karl immer schlechter aus, ein „Häufchen Unglück". Er pflegte sich nicht mehr, er trottete die Straße entlang wie ein Straßenköter.

Irgendwann hielt ein schönes großes, teures Auto vor unserem Haus. Es blitze in der Sonne. Ute wurde abgeholt, von einem Mann in feinem Stoff. Küsschen hier und Küsschen da. Der Mann riecht nach Geld und sichert ihr ein einfacheres Leben.

Ute hat Karl verlassen. Karl konnte die teure Wohnung nicht mehr halten und zog in eine 1-Raumwohnung im Plattenbau.

Hier siehst du, dass Mobbing in allen Berufen vorkommen kann.

Vor einiger Zeit beobachtete ich eine Schulklasse mit Lehrer. Die Kinder waren, ich denke, zehn bis zwölf Jahre alt. Ein Mädchen wurde derart gemobbt, dass ich am liebsten eingegriffen hätte. Der Lehrer stand daneben und machte gar nichts.

Jede Altersklasse kann es treffen, sowie Menschen auf Menschen stoßen. Wie menschlich ist der Mensch? Selbst im Altersheim ist man davor nicht sicher.

Im Fall von Karl und Ute zogen die Mobbing-Attacken am Arbeitsplatz auch noch den Verlust der Familie mit sich.

Wie traurig.

Elisabeth

Das Telefonat

Lieber Chandrashekara,
gestern Mittag rief Frau Washamseden, die Schreibkraft der Kaiserin, bei mir an.

Ich habe ein Telefon an dem ich auf dem Display ablesen kann, wer mich anruft.

Oh, Frau Washamseden will etwas von mir: „Ja, Hallo."

„Wie melden Sie sich denn am Telefon?", kreischt sie leicht empört.

„Ich sehe doch, dass Sie es sind, ich habe gerade auf das Display geschaut."

Ich kann mich gut an unseren letzten Anruf erinnern, da habe ich mich förmlich gemeldet: „Guten Tag, Firma Sonnenschein, Abteilung Q., sie sprechen mit Frau Grün, was kann ich für sie tun?"

Da sprach Frau Washamseden: „Ja, wie melden Sie sich denn, sie sehen ja wohl, dass ich anrufe. Was soll das?"

„Oh, entschuldigen sie, ich habe nicht auf das Display gesehen, da ich gerade die Lesebrille abgesetzt habe."

Jeden Menschen recht getan, ist ein Problem, das man nicht lösen kann.

Zurück zum gestrigen Anruf.

Frau Washamseden gibt bekannt: „Schreiben Sie, Termin am nächsten Montag um 9 Uhr im Zimmer des Betriebsrates."

„Mmmhmmm, ja... und um was geht es?"

„Weiß ich nicht, warten Sie..." und sie ruft in den Raum zur Kaiserin hinein, "Frau Grün will wissen, um was es geeeeeht?"

Ein gestöhnter Ausruf der Kaiserin: „Na, um ihre Stelle."

Frau Washamseden wiederholt brav: "Na, um Ihre Stelle. Auf Wiederhören."

Das saß ich nun, erhöhter Pulsschlag, leicht erschrocken, wieder überrumpelt oder bilde ich mir das ein?

Gute sechs Tage, bis zu diesem Termin, werde ich wieder schlecht schlafen und die Kaiserin sitzt auf meiner Bettkante und ärgert mich.

Genau drei Arbeitstage und 5 Stunden und 34 Minuten haben sie mich in Ruhe gelassen. Ich möchte einfach nur arbeiten, ganz in Ruhe meine zugewiesene Arbeitsaufgabe erfüllen.

In meinem Kopf kreisen die Gedanken, ich bin wütend, was soll ich tun?

Ja, ich rufe beim Betriebsrat an und frage.

Ich wähle die Nummer der Frau Rat. Sie meldet sich nicht.

Die Gedanken springen in meinem Kopf rum.

Bei meinem letzten Gespräch mit Frau Rat, hatten wir uns folgende Strategie überlegt, dass wir die Kaiserin einfach in Ruhe austoben lassen, getreu dem Motto, gehe nicht zu Deinem Chef, wenn du nicht gefragt bist.

Fällt mir Frau Rat in den Rücken?

Nein, das glaube ich nicht. Eigentlich vertraue ich ihr. Eigentlich?

Vielleicht hat Frau Rat die Kaiserin zufällig getroffen?

Was läuft hinter meinem Rücken?

Muss ich mich als Angestellte und Mensch wie eine Marionette bewegen lassen?

Muss ich springen in den tiefen Abgrund und kaputt gehen, wenn die Kaiserin schreit: "Spring!"

Nein. Sie würde schreien: „Springen sie!"

Mir fällt ein, dass ich die Telefonnummer des Handys von Frau Rat habe. Ich wähle an und warte.

„Hallo, hier ist Frau Rat."

Ich bin erleichtert, ich kann mit ihr sprechen.

Frau Rat hat keine Kenntnis von diesem Termin, da sie zurzeit selbst krank im Bett liegt und gar keinen Termin vereinbart hat.

Sie beruhigt mich in der Art, dass sie mir sagt, dass dieser Termin wahrscheinlich auch nicht zustande kommen kann, da sie an den betreffenden Freitag gar keinen Termin mehr frei hat.

Wir sprechen eine Weile, wir gehen Varianten durch. Ich teile ihr mit, dass ich den Eindruck habe, dass die Kaiserin wohl mit mir allein nicht sprechen möchte, da sie sich zielgerichtet immer Rückenstärkung oder auch Zeugen dazu holt.

Frau Rat wird Hintergründe erfragen und mir diese nächste Woche mitteilen.

Inzwischen habe ich so viel Adrenalin im Blut, dass ich über diese Situation lache, wieder ein unkontrollierter Anschlag. Die Kaiserin wird in Insiderkreisen auch die Chaotin genannt.

Der Ärger in meinem Kopf sprengt die Ruhe weg. Tausend Gedanken schwirren in mir.

Das Telefon klingelt. Die Sekretärin von Frau Rat ruft mich an: „Hallo, Frau Grün, Frau Rat hat mich gerade angerufen und mich zu ihrem Termin befragt. Auch ich kann ihnen nur mitteilen, dass ich unschuldig bin, auch ich habe besagten Termin mit Frau Rat nicht vereinbart, dieser Termin kommt von Frau Kaiser persönlich."

Wie witzig. Aber das Lachen wird mir vielleicht wieder vergehen.

Ja, auf jeden Fall. Ich fühle mich auf einmal so frei. Als würde es mich gar nichts angehen. Als würde ich dieses Kaspertheater als Außenstehender beobachten und mich darüber freuen.

Es ist sicherlich nur das Adrenalin in mir.

Mir wird das Lachen vergehen, wenn die Zwangsversetzung in den Ort Nirgendwo kommt und ich nicht weiß, wie ich dort hinkommen soll und der tägliche Arbeitsweg zur Tortur wird.

Lustig finde ich, dass auch andere Menschen, wie Frau Rat und die Sekretärin von Frau Rat, sehen, dass ich mir diese unkontrollierten Ausdrucksformen von der Kaiserin nicht nur einbilde. Die Anderen sehen Frau Kaiser auch live. Vielleicht finde ich an dieser Arbeitsstelle noch Sympathisanten.

Ich beschäftige mich immer mehr mit Literatur über Mobbing. Das hilft mir ungemein, weil ich den Mobbingprozess besser verstehe und die Abläufe erkenne.

Mobbing als Missbrauch sozialer Macht, zum Beispiel im Arbeitsleben, beim Militär oder im Gefängnis. Je hierarchischer und geschlossener das System ist, um so wohler fühlt sich der "Mobbingvirus". Ist man selbständig oder man studiert, kann man sich aussuchen, ob man zu dem Kunden geht oder den Kurs besucht. Man ist freier.

Leider sitzen die Chefs der Welt oft am längeren Hebel und können dir das Leben zur Hölle machen.

Mein Held würde sagen, da gehören ja immer zwei dazu. Der Eine, der es macht und der Andere, der es mit sich machen lässt.

Was soll ich aber tun?

Wie soll ich ohne dies Arbeit leben?

Hat sich da schon mal jemand die Arbeitslosenzahlen angesehen?

Der Held sagt, in diesem Land wird keiner verhungern.

Meine Freundin sagt, schmeiß es bloß hin, das kannst du gar nicht aushalten.

Die Liesel sagt, ich habe Angst, du züchtest dir da was.

Und ich habe Angst, keine andere Arbeit zu finden.

Ja, ich könnte schreiben, ein Buch schreiben.

Ja, ich könnte malen, viele schöne Bilder malen.

Ja, ich könnte unterrichten.

Ja, ich bin Qigong- und Entspannungskursleiterin.

Ja, ihr habt recht.

Ja, ich habe verdammt nochmal Angst.

Angst vor was?

Ich weiß es nicht.

Ich habe einfach nur Angst vor der Bedrohung.

Ich weiß, dass die gesamte Angelegenheit wenig mit mir zu tun hat.

Ich weiß, es ist eigentlich ein Problem der Kaiserin und nicht das meine.

Die Kaiserin folgt immer dem gleichen Muster. Sie ist wie eine Ameisenkönigin. Sie saugt die Leute aus und dann bekommen sie einen Tritt. Meistens werden die Menschen erst einmal ganz weit weg von ihr platziert, damit der Anblick der gequälten Kreatur ihr nicht den Tag verdirbt. Ab ins Nirgendwo, ab in die Verbannung. Und wenn du dann weit weg von allen bist, dann kommt ganz unauffällig der „Rauswurf".

Eigentlich wollte ich schreiben „der Todesstoß".

Ist vielleicht etwas zu hart formuliert, kommt aber der Sache gleich.

Ich weiß gar nicht, wie die Kaiserin noch ruhig schlafen kann, wenn sie so viele Gepeinigte um sich hat.

Ein anderes Ärgernis. Der Herr Kuh, mit dem ich letztes Jahr zusammenarbeiten musste, hat diese Woche im Büro neben mir gearbeitet.

Wir trafen uns auf dem Flur.

Er ist gerade mal 30 Jahre alt und kann mich, die Ältere und mich als Frau, nicht grüßen.

Ich habe ihn gegrüßt und er hat nicht zurück gegrüßt und mich einfach nur blöd angesehen. Schweigen ist auch eine Antwort.

Da mache ich mir so meine Gedanken, was ist hier eigentlich los?

Vielleicht hat er einfach nur Probleme und es hat gar nichts mit mir zu tun.

Vielleicht ist er so.

Ich habe Dir noch nicht geschrieben, dass ich jetzt ein neues Büro habe.

Es ist noch kleiner als das alte Büro. Für mich ist es ausreichend.

Auch hier gibt es einen „Partyraum" und auch hier gehöre ich nicht dazu.

Eine Mitarbeiterin hat mich in meinem Büro besucht und sich recht nett mit mir unterhalten.

Sicherlich fühlte ich mich etwas ausgehorcht.

Liesel meinte, sei bloß vorsichtig. Mit diesen Gedanken und der gesamten Vorgeschichte merke ich auf einmal, wie sehr ich mich verändert habe. Ich bin zurückhaltender geworden. Ich spreche langsamer und bedächtiger. Ich wähle meine Worte und ich habe den Eindruck, mich etwas aus den Augen zu verlieren. Doch ich weiß, nein, ich ruhe einfach nur in meiner Mitte und bin nicht bereit, am allgemeinen Geplapper oder Klatsch teilzunehmen.

Weiter zu betrachten wäre hier:

Was ist der Unterschied, zwischen einer gepflegten Unterhaltung und Tratsch?

Ich bin der Meinung, dass alles was man über andere sagt, auch sagen würde, wenn dieser Mensch mit im Raum wäre.

Das man auf seine Formulierung achtet und durchaus schlechte Dinge positiv beschreiben kann.

Ja, ich weiß. Die Kaiserin. Ich schreibe schlecht über sie. Ich bin verletzt und wütend und könnte da so aus meiner

Mitte heraus einfach nur rumbrüllen und auf einen Boxsack einschlagen. So wütend bin ich.

Alles Liebe von Elisabeth

Freunde

Guten Morgen Chandrashekara,
nach einem wunderschönen Wochenende am Meer melde ich mich erst heute wieder bei Dir.

Mein Held hat mich ans Meer eingeladen. Es war für uns eine kleine willkommene Auszeit. Mit behaglicher Atmosphäre nahm uns das Hotel auf. Wir unternahmen lange Spaziergänge am Strand und der Wind blies uns um die Ohren.

Mit Meeresrauschen und meinem Helden schlief ich ein und natürlich rauschte das Meer auch am Morgen noch. Und der Held machte Frühstück.

Ich wäre gern noch etwas geblieben. Ich hoffe, wir fahren bald wieder irgendwo hin.

Gestern Nachmittag nach unserer Rückkehr trafen wir zufällig Thomas. Wir gingen in ein kleines Café und unterhielten uns über die vergangenen Wochen, in denen wir uns nicht gesehen hatten.

Er erzählte uns wie es ihm ergangen ist.

Der Held erzählte wie es ihm und uns ergangen ist.

Und dann kam ich dran.

Smalltalk?

„Ja, und meine Liebe, wie geht es Dir? Und vor allen Dingen spricht, geht es an der Arbeit besser?", fragte oder eher sprach Thomas.

Ich holte aus und begann zu erzählen, „ach, du weißt ja noch gar nicht. Als wir uns das letzte Mal sahen, waren wir ja noch bei der Überforderung im Job. Da bekam ich zu meinen 100 % noch 100% dazu. Ich übernahm zu meiner Arbeit und zu meinem Job noch den gesamten Arbeitsplatz von Herrn Herz. Da habe ich mich ja gewehrt, wie du weißt. Ja, und nun kommt das Mobbingverfahren „Unterforderung". 100 % wieder weg und noch mal 35 % meiner Stellenbewertung gestrichen und an einen anderen Mitarbeiter gegeben."

„Ach, hör doch auf, ich kann das nicht mehr hören, es ist Sonntag, lass uns über was anderes reden...", rief Thomas erbost.

Ich hatte ein Fragezeichen im Gesicht und Thomas wetterte weiter:

„Ach, ja, du musst verstehen, oder anders aus gedrückt morgen früh habe ich als Chef ein Gespräch mit einer Mitarbeiterin, die ich umsetzen werde. Ich höre jetzt schon die Diskussion. Warum ich? Und warum nicht die Mitarbeiterin, die zuletzt kam? Du musst einfach deine Chefin verstehen, du weißt ja gar nicht, warum sie solche Entscheidungen trifft. Themawechsel. Held, wann spielen wir Schach?"

Viel später, als ich mit meinem Helden wieder allein war, haben wir uns nochmal über das Gespräch unterhalten und kamen erneut zu unserer bereits getroffenen Feststellung, dass niemand, der nicht in so einer Situation, in der ich mich befinde, steckt, nur annähernd das empfinden kann, was ich erleide.

Und so geht es auch den anderen Mobbingopfern.

Immer wieder trifft man auf Unverständnis.

Und wann trifft man einen Menschen, der überhaupt Interesse an deiner Person hat und dich nicht nur als Zeitvertreib sieht?

Immer wieder habe ich in meinem Leben festgestellt, dass solange ich fröhlich und glücklich war, die Menschen sich um mich scharrten. Ich als Magneten für schöne Stunden und Glück.

Aber ging es mir nicht gut, dann waren die „Freunde" weg, getreu dem Motto: „Ach, hör doch auf, es ist Sonntag…"

Von 100 Freunden war, wenn du Glück hattest, noch einer da.

Oft kamen mir völlig fremde Personen zur Hilfe. An diese konnte ich auch keine Erwartungshaltung haben, da ich bisher nicht einmal wusste, dass sie existieren. An Freunde habe ich eine Erwartungshaltung, die sogar höher ist, als die ich an meine Familie habe. Freunde in guten und in schlechten Zeiten.

Ich hatte mal einen Freund, der war der Meinung, Freunde kommen und gehen: Freunde gehen nur ein ganz kleines Stück mit dir und irgendwann kommt eine Weiche und sie zweigen ab und du siehst sie nicht wieder. Auch er ist abgezweigt und hat sich ohne Voranmeldung aus dem Staub gemacht. Wie schade!

Ich bin nach wie vor der Meinung, es gibt Freunde fürs Leben. Meistens sind es Freunde aus der Kindheit, aus der Schulzeit oder Ausbildung die einen das Leben lang begleiten. Im späteren Leben ist es schwierig, solch vertrauensvolle Verbindungen zu finden und zu halten.

Manche Freunde beobachte ich aus der Ferne. Ich sehe im Internet nach, was sie so treiben.

Manchmal nehme ich Kontakt auf, um festzustellen, wie sie heute sind.

Manche haben sich anscheinend nicht groß verändert, sicherlich sind sie innerlich gewachsen.

Andere „alte" Freunde sind mir völlig fremd, sogar die Stimme und der Dialekt haben sich verändert.

Lass uns immer Freunde sein!

Deine Elisabeth

Verzweiflung

Lieber Chandrashekara,
manchmal bin ich so richtig verzweifelt und wütend über die Situation an meiner Arbeit. Meistens wird mir auf irgendeine Art geholfen. Dafür bin ich sehr dankbar. Ich bin dankbar dafür, dass mir immer im richtigen Augenblick geholfen wird. Dafür könnte ich heute die ganze Welt umarmen. Wirklich!

Oft kann ich nicht schlafen. So war es auch letzte Nacht. Es war 1 Uhr in der Nacht, ich war so unglücklich und weinte und fühlte mich verlassen und die Welt brach zusammen und draußen regnete es in Strömen.

Auf einmal hörte ich eine Stimme: „Elisabeth, Elisabeth hörst du mich."

Ja, na klar höre ich die Stimme. Mein Engel kommt und hilft mir.

„Elisabeth mache bitte die Tür auf, ich bin ganz nass und friere."

Nein, das ist kein Engel, oder doch? Ich sehe aus dem Fenster und im Regen steht Caris aus den Bergen und die Berge sind ganz weit weg. Was macht sie hier mitten in der Nacht?

Nachdem ich Caris in meine Wohnung geholt hatte, fragte ich sie, wo sie jetzt mitten in der Nacht herkommt.

„Ich habe vor zwei Stunden das Gefühl gehabt, du brauchst mich und da habe ich mich auf den Weg gemacht."

Ja, wie soll es auch anders sein, sie ist ein Engel, sie ist ein irdischer Engel und Pfarrers Tochter.
Danke.

Liebe Grüße

Elisabeth

Ein Tag

Lieber Chandrashekara,
Du schreibst, ich soll immer hübsch in meinem Kopf bleiben und nicht in die Köpfe der Anderen gehen.

Jeder ist seines Glückes Schmied, ich will lernen meine Gedanken zu ordnen und ich will versuchen auch ab und zu einen „leeren Kopf" zu haben.

Heute Nacht agierte wieder die Kaiserin in meinem Kopf und ließ mich nicht schlafen.

Ich hörte auf die rhythmischen Atemzüge von meinem Helden. Ich passte meinen Atem an seinen Atem an. Doch er atmet schneller als ich, denn oft vergesse ich vor lauter Gedanken das Atmen.

„Your mind, your mind", sagt der Dalai Lama.

Passt auf eure Gedanken auf.

Wir können uns vielleicht im Kopf ein Paradies bauen, auf Kaiserreiche und Königreiche verzichten wir lieber.

Manchmal muss man einfach auch das Scheitern akzeptieren und begreifen, dass jeder Mensch seine eigene besondere Gabe hat.

Der Held meint, ich wäre nicht gescheitert.

Ich fühle mich aber so.

Und ich kann mich sogar mit dem Scheitern anfreunden, denn ich habe innerlich aufgegeben.

DIE sollen mir mal den „Buckel runter rutschen".

Ich werde für 40 Arbeitsstunden in der Woche bezahlt, ich werde einfach nur arbeiten und im Kopf frei bleiben.

Ja, ich bin mit meinem Engagement für meine Arbeit gescheitert. Das Engagement ist gar nicht gewollt.

Ein Mitdenken ist nicht erwünscht in dieser Firma. Vielleicht ist es in einer anderen Firma besser? Nein, ich glaube nicht.

Deine Ideen werden ganz schnell zum Gedankengut der Kaiserin und der kleinen Könige, die sich damit erheben.

Dürfen sie ja auch.

Wie kann ich mein Schicksal verändern?

Was sollte ich verändern?

Die Arbeit sollte ich verändern. Ein weiterer Versuch ist es wert. Ich versuche es mit beten. Lieber Gott, lass die Kaiserin mir einen guten Job anbieten, vielleicht eine Abordnung.

Ach, Quatsch. Ich werde allein suchen. Wer sucht, der findet.

Ich mache meine Augen ganz weit auf. Besser noch: Ich richte alle meine Antennen in die Welt.

Wäre ja gelacht, wenn da nicht was geht.

Eben hat der Held angerufen, und war ziemlich ungehalten über die viele Arbeit auf seinem Schreibtisch. Manchmal sieht er die Farbe der Schreibtischplatte nicht mehr.

Der Held und ich, wir kommen uns vor, wie zwei Hamster in einem Laufrad.

Morgens um 4.45 Uhr klingelt der Wecker. Wir quälen uns aus dem Bett. Ich habe besonders Schwierigkeiten vom Liegen in das auf der Bettkante Sitzen zu kommen und dann auch noch das Aufstehen zu absolvieren.

Ich tappe durch die Wohnung. Ich taumele zu meiner Kleidung, ziehe mich irgendwann an und ich bin so müde.

Eine Stunde brauchen wir zur Arbeit. Der Held benötigt mehr Zeit als ich.

Dann widmen wir uns unserer Arbeit volle acht bis neun Stunden plus Pausenzeit.

Jeder von uns fährt durch den Berufsverkehrstau nach Hause. Wir benötigen dazu mehr Zeit als am Morgen.

Hausarbeit und Abendessen und Duschen und ab ins Bett. Und alles noch vier Mal.

Fünf Arbeitstage laugen uns so aus, dass wir am Wochenende Ruhe brauchen. Wir sind im besten Alter und die Kinder sind aus dem Haus.

Wir müssen uns nur um uns selbst kümmern.

Vielleicht sollte ich auf etwas Geld verzichten und verkürzt arbeiten.

In der eingesparten Zeit Qigong unterrichten und Bilder malen. Vielleicht werde ich dann zufriedener sein.

Das Problem des Ausgebranntseins, liegt am „Hamsterrad" und dem sich schlecht behandelt fühlen und an der teilweise sinnlosen Arbeit und die Arbeit die Sinn ergibt, wird systematisch zerstört.

Es liegt an dem Umgang der Menschen miteinander.

Im Job werde ich gemobbt.

Der Freund, Beispiel Thomas, hört nicht richtig zu und ist selbst ausgebrannt.

Die Menschen sind aggressiv.

Im Straßenverkehr toben sich viele aus, und bringen die anderen Verkehrsteilnehmer in Gefahr.

Im Wohngebiet „taumeln" die Mütter „verträumt" mit ihren Kindern auf der Straße herum, egal ob ich mit meinem Auto gern weiter fahren möchte.

Die Kinder spielen vor dem Haus Fußball in der Blumenrabatte, obwohl hinter dem Haus ein Spielplatz mit richtigem Fußballplatz ist.

Freiheit heißt auch, die Freiheit der Anderen nicht einzuschränken.

Kinder können spielen. Menschen können in Ruhe im Garten sitzen, und nicht ein Dauergebrüll vom Spielplatz hören.

Wir haben eine Kinderrutsche aus Metall auf dem Spielplatz und da werden ständig Steine darauf geworfen und runter gerollt. Nachts benutzen Menschen die Rutsche zum trommeln. Gute Geräuschkulisse zum Leben.

Dann hat man noch eine Ware im Internet bestellt, weil man keine Zeit zum Einkaufen hat, die dann geliefert wird, wenn man an der Arbeit ist, dann kann die Ware irgendwo abgeholt werden und es fehlt Dir die Zeit.

Und wenn man dann am Abholschalter steht: „Ach, tut mir leid, das ist erst morgen hier in der Filiale."

Und kommt man einen Tag später:" Ach, tut mir leid, es ist zwar da, aber nach 18 Uhr darf ich ihnen ihr Päckchen nicht geben."

Und wenn man irgendwann die Ware endlich hat und auspackt, dann ist die Ware kaputt und es geht wieder von vorn los.

Alles wieder einpacken, zur Post laufen, warten am Schalter, Paket abgeben, Geld zahlen für Rücktransport, warten und hoffen auf eine Rückerstattung des Geldes für die Ware.

Mein Vorschlag dazu: Wir ziehen auf eine Insel und finden dort Ruhe.

Und kommen dann mit der plötzlichen Ruhe nicht zurecht?

Doch wir üben.

Auf zur Heldeninsel.

Alles Liebe

Elisabeth

Qi-Räuber

Lieber Chandrashekara,
meine Mutter hatte für jede Lebenssituation ein Sprichwort parat.

„Ist der Ruf erst ruiniert, lebt es sich völlig ungeniert."

Meine Gedanken zu kommenden Gespräch mit der Kaiserin.

Es sind noch etwa 50 Stunden bis dahin. Du merkst, ich kann es gar nicht abwarten. Ja, ich möchte es einfach hinter mich bringen, wie eine bevorstehende Prüfung.

Was soll passieren?

Der Ruf ist ruiniert ohne mein Zutun.

Für die Kaiserin bin ich wahrscheinlich eine äußerst unbequeme Zeitgenossin.

Was heckt sie wieder aus?

Der schlimmste Fall ist eine Versetzung in den weitesten Ort. Der weiteste Ort bedeutet einen Arbeitsweg von täglich 140 Kilometer. Diese Strecke musste ich schon einmal für zweieinhalb Jahre als Weg zur Arbeit zurücklegen und bin davon ziemlich krank geworden.

„Abwarten und Tee trinken", „In der Ruhe liegt die Kraft" und „Ein ruhiges Gewissen ist ein sanftes Ruhekissen."

Ich habe letzte Nacht richtig gut geschlafen, und das passiert eher selten.

Om, Om, Om. Ich werde mich nicht aus der Ruhe bringen lassen und versuchen meine Mitte zu behalten.

Kennst Du Qi-Räuber? Das sind u. a. Menschen, die gar nicht gut drauf sind. Sie haben Ärger oder Wut oder fühlen sich einfach nicht gut. Sie treffen auf einen und laden ihr schlechtes Qi ab.

Du lässt sie in den Kopf hinein, du teilst ihre Sorgen, du fühlst mit.

Sie reden und reden und beladen dich dabei mit ihrem ganzen Ärger.

Du bist emphatisch und fühlst mit.

Dein Kopf wird immer dicker und dein Rücken beugt sich unter der Last.

Deinem Gegenüber, dem Qi-Räuber, geht es zunehmend besser.

Es kann passieren, dass es dir dann nicht mehr so gut geht oder deine gute Laune verschwunden ist.

Du merkst schon, dass der Qi-Räuber seinen ganzen „Frust" bei dir abgeladen hat.

Tschüss dann, bis zum nächsten Mal, sagt der „Räuber" und verlässt dich gut gelaunt und du fühlst dich schlecht.

„Dazu gehören immer zwei", würde der Held sagen.

Im Qigong gibt es Übungen und Verhaltensregeln wie man sich bei oder nach so einem Gespräch wieder „reinigen" kann.

Zum Beispiel streicht man den Ärger ab, indem man mit der einen Hand über den Kopf, über den Arm zu den Beinen streicht und die schlechte Energie in den Boden gibt.

Oder man stellt sich unter eine erdachte Dusche und spült die schlechte Energie einfach runter in den Abfluss.

Auch ein Durchlüften des Raumes und ein Rauswurf der „schlechten Geister" helfen.

Es gibt auch Menschen, die sind so eine Art „schwarzes Loch aus dem Universum". Du musst sie nicht einmal kennen, du sprichst nicht einmal mit ihnen und sie betreten den Raum und saugen jegliche Energie auf wie ein Staubsauger. Nur sie nehmen die gute Energie und nicht den Dreck oder Staub mit.

Wenn du es überhaupt merkst, kannst du dich auf deine Mitte konzentrieren, in dir ruhen und dir eine Art Schutzglocke unter der du bist vorstellen. Oder eine riesige Seifenblase in der du sitzt und sicher bist.

Immer, wenn ich die Kaiserin besuchen muss, dann versuche ich mich, in so eine erdachte Schutzseifenblase zu setzen, alle schlechten Angriffe prallen ab.

Ich versuche sogar Liebe auszusenden, um nicht selber die Atmosphäre zu vergiften.

Ich versuche es mit Lächeln, nur ein wenig, nicht dümmlich dreist.

Ich achte auf meine Körpersprache, offene Armhaltung, nicht bockig verschränkt.

Ich sende positive Energie in den Raum, und atme immer wieder tief durch.

Mein Körper sendet vor Anspannung irgendwelche Botenstoffe und ich werde dann immer sehr ruhig. Erstaunlich ruhig für die Situation.

Auch meine Sprache verlangsamt sich. Ich fühle mich wie ein Beobachter, der die Situation von außen in einer Art Slow Motion beobachtet.

Ich finde das sehr gut, weil mir ansonsten mein Temperament durch geht und ich wahrscheinlich auf den Tisch springe oder laut schreiend den Raum verlassen würde.

Ich übe mich in Verständnis, ich übe mich in Achtsamkeit und ich möchte einfach nur lächeln über den Mist, der mir manchmal präsentiert wird.

Wenn ich dann wieder „in die Freiheit" entlassen werde und das Gespräch beendet ist und ich die Situation verlassen kann, dann fühle ich mich völlig entkräftet und ausgelaugt und fast ohnmächtig.

Schlimm nicht?

„Oh, Herr gib mir die Gelassenheit, Dinge hinzunehmen, die ich nicht ändern kann… und Dinge zu ändern, die ich ändern kann… und die Weisheit, das eine vom anderen zu unterscheiden."

Elisabeth

Zeit

Lieber Chandrashekara,
jedes Problem kann man aussitzen. Es ist nur eine Frage der Geduld.

Ruhig am Arbeitsplatz sitzen. Tee trinken und abwarten.

Seneca, glaube ich, hat einmal gesagt, es ist nicht zu wenig Zeit, die wir haben, es ist nur viel Zeit, die wir nicht nutzen.

Irgendwo habe ich mal gehört: „Mache nie was halbherzig, sonst wirst du nur halb so glücklich."

Die schlechten Tage machen die guten Tage besser, weil man dann weiß, was für ein Glück es ist gute Tage zu haben. Was ist mit den Nächten, wenn ich nicht schlafen kann, weil Frau Kaiser durch meinen Kopf läuft?

Ich gehe zum Arzt und der hat für mich zwei Lösungen:

Er meint, ich sollte die Situation verlassen, d. h. kündigen und eine andere Arbeit suchen oder Schlafmittel einnehmen.

Ich bin begeistert

Elisabeth

Kaiser Wetter

Lieber Chandrashekara,

auch wenn Du mir sehr selten antwortest, hilft es mir doch sehr mich Dir mitzuteilen.

Morgen ist dann der große Tag und die Kaiserin eröffnet die nächste Runde.

Dabei kann sie immer gut lachen und verlässt mit einem breiten Grinsen im Gesicht den Raum und mir geht es dann nicht gut.

Mobbing in allen Variationen.

„Du musst an das Gute im Menschen glauben, ansonsten wird das schlechte überhand nehmen", so werde ich mich auf den morgigen Tag einstimmen.

Und beten, beten, beten…

Und bitten, bitten, bitten…

Bitte lass mich einfach nur in Ruhe und Frieden arbeiten.

Bitte unternimm etwas gegen das Mobbing.

Das furchtbare Wort „Mobbing" schwebt im Raum.

Nennen wir es also nicht Mobbing. Ich nenne es einfach „dumme Menschenspiele". Gegen diese Art von Dummheit ist kein Kraut gewachsen und gegen die „Machtspielchen" kann man sich schlecht wehren. Besonders, wenn man kein Fachwissen hat. Dann ist man natürlich angreifbar.

Ein Unwissender kann sich schlechter wehren als ein Wissender, denn „Wissen ist Macht" und mit der richtigen Ausrüstung, kann ich auch ganz anders gegen den Mob kämpfen.

Verstehe mich nicht falsch, ich gehe nicht zur Arbeit um zu kämpfen, jedoch bleibt mir gar nichts anderes übrig in diesem „Überlebenskampf".

Ein großer Überlebenstipp ist es: Zu sich zu finden.

Auf zur Selbstverwirklichung! Finde heraus was du willst und fordere es ein.

Ruhe ich in mir selbst, kann ich entscheiden, welche Bedeutung ich dem „dummen Menschspiel" beimesse. Betrachte dein Leben als ein Schauspiel. Du bist Akteur, Regisseur und Zuschauer in deinem Leben. Drama oder Komödie? Es liegt an dir, was du daraus machst.

Wie viel Kraft bin ich bereit zu verlieren oder zu gewinnen, und das liegt letztendlich an mir.

Gehe ich gegen die "dummen Menschenspiele" vor, gebe ich diesem unerwünschten Zustand Energie.

Mit dieser Energie verstärke ich sogar dieses „dumme Spiel".

„Wie ich in den Wald hinein rufe, so schalt es heraus."

„Angriff ist der beste Weg zur Verteidigung."

„Jeder ist seines Glückes Schmied."

„Schuster bleib bei deinen Leisten."

Wie wahr, wie wahr.

Aber, aber… Ich kann mir doch nicht alles gefallen lassen, getreu des Ausspruches, wenn dir jemand auf die eine Wange schlägt, dann halte auch noch die andere hin.

Und wie war das noch mit dem Wissen?

Fassen wir noch einmal zusammen:

Ich bin verantwortlich für mein Leben.

Ich übernehme die volle Verantwortung für die Pflege meiner Seele.

Ich bin verantwortlich für meine Gedanken, wo gebe ich meine Energie rein.

Ich sollte mein Denken steuern und keinen Platz für das" Kaiserinnen Syndrom" haben.

Ich gebe die Kaiserin mit Liebe frei.

Ich kann die negativen Gefühle nicht hindern in mir aufzusteigen, aber ich kann ihnen die Kraft nehmen, sie zurechtweisen und sie daran hindern zu bleiben. Meine Gastfreundschaft ist beendet!

Ich entscheide, ob ich diese Arbeit mache oder nicht.

Ich kann etwas.

Ich bin etwas wert.

Ich stehe mir nicht selber im Weg.

Ich bin ein freier Mensch.

Ich liebe das Leben.

Ich liebe meinen Helden.

Ich liebe mein Kind.

…und auch ein ganz wenig Dich.

Elisabeth

Die Einstimmung

Guten Morgen Chandrashekara,
es ist noch ganz zeitig am Morgen und ich versuche mich einzustimmen auf den Tag.

Den gestrigen Tag habe ich mit Kopfschmerzen beendet. Ich habe einfach zu viel Anspannung in mir. Natürlich versuche ich mit der Spannung zu arbeiten, ich will nicht schreiben: „Ich versuche gegen die Spannung zu arbeiten oder zu kämpfen." Auch diese Wortwahl erzeugt Spannung.

Jahrelanges Training von Geist und Körper helfen mir viel, aber es ist noch kein Meister vom Himmel gefallen und auch ein Meister hat mal Angst und Anspannung.

Ich werde heute den kaiserlichen Termin mit Ruhe hinter mich bringen und dann hoffe ich, dass die Anspannung weg ist und nicht wieder noch mehr Ärger in mir ist.

Die Kaiserin mit ihrer religiösen Herkunft wird sich heute auf ihre menschliche Weise zeigen, das erbitte ich und das erhoffe ich.

So sehr sie mich immer ärgert und so sehr auch ich mich dagegen wehre, rechne ich sie nicht zu den Menschen, die kein Licht ertragen können, weil sie selber so finster sind.

Auch hoffe ich, dass sie mein Licht nicht abzieht wie ein Magnet. Ich werde aufpassen. Ich werde mir meine

Energie nicht nehmen lassen. Ich werde Haltung bewahren, Contenance, eine gute Körperhaltung gibt der Seele einen Halt.

Halt mich!

Deine Elisabeth

Wieder ein Gespräch

Lieber Chandrashekara,
es ist Montag. Mein Körper schläft noch halb, mein Geist auch.

Ich habe mich über das Wochenende nicht gemeldet.

Ich glaube es lag daran, dass meine Gedanken zu wirr waren.

Ja, ich konnte noch nicht so richtig deuten, was am Freitag im Gespräch mit der Kaiserin passiert war.

Das Gespräch dauerte in etwa zwei Stunden.

Frau Kaiser und Frau Rat vom Betriebsrat sprachen mit mir.

Ich war sehr ruhig und trotzdem innerlich sehr angespannt.

Frau Rat war ziemlich hektisch, was jedoch nichts mit mir oder dem Gespräch zu tun hatte.

Frau Kaiser war nicht auf Krawall aus und für die Situation recht freundlich.

Und genau das ist es, sie war zu nett.

Mein Gehirn witterte da einen Verdacht.

Warum sollte die Stimmung in Freundlichkeit umschlagen?

Es lief mir einfach zu glatt und das hat mich verwirrt.

Also die Hälfte der Zeit verbrachte die Kaiserin damit, uns beiden über ihre Arbeit und die Arbeit des Königs und die Arbeit ihres persönlichen Lieblings, Herrn Bettelmann, zu berichten.

Sie holte weit aus und ich hatte den Eindruck, sie baute sich erst einmal ein Fundament, um ihre Arbeit darzustellen. Dabei setzte sie zuerst ihre Maske auf, damit mir bewusst wird, dass ich mit einer Kaiserin spreche und nicht mit einem normalen Menschen.

Im Land der kleinen Könige und der gewaltigen Kaiserin lautet die Geschichte.

Ungefähr 15 Minuten Zeit hatte sie für meinen Part.

Ich habe kein Wind in das Feuer geblasen und habe mir ruhig die Dinge angehört. Ich dachte, je weniger ich mich zur Wehr setze, umso erträglicher wird es für mich sein.

Auch habe ich mich von der Verhaftung gelöst. Ich habe meine „geliebte" Aufgabe frei gegeben.

Mir werden zusätzlich zwei andere Arbeitsgebiete übergeben.

Die Kaiserin betonte dabei, irgendeine Frau XYZ hat sich gerade selbständig in fünf Arbeitsgebiete eingearbeitet, das können Sie ja auch und damit meinte sie mich.

Bei meinen Nachfragen bemerkte ich, dass die ganze Angelegenheit von ihr gar nicht richtig durchdacht war. Es entstand der Eindruck, dass sie auf dem Weg zum Gespräch sich diese Dinge hat einfallen lassen und auch hier wieder das Chaos mitspielt.

Sie ist die Chefin! Sie wird wissen, was sie tut. Ich bin nur Mitarbeiterin und bekomme meine Anweisungen.

Warten wir erst einmal ab, was daraus wird.

Ich merke ein starkes Misstrauen in mir und das überschattet die Situation. Los lassen. Fließen lassen. Die Dinge abwarten, die da auf mich zu kommen. „Der Tee wird nicht so heiß getrunken, wie er gekocht wird."

Gib Obacht!

Elisabeth

Der König

Lieber Chandrashekara,
ich grüße Dich von Herzen. Ich versuche Dir ruhig ein paar Zeilen zu schreiben, denn ich bin sehr aufgewühlt. Wütend bin ich auch. Ich könnte laut schreien, doch der Schrei steckt mir im Hals fest und ich bekomme fast keine Luft mehr.

Heute war ich in einem Fremdunternehmen, um dort meine geschäftlichen Dinge zu regeln. Ich betrat den Raum und begrüßte wie immer die Mitarbeiterin. Die Mitarbeiterin sah mich an und meinte: „Das ist ja sehr schön, dass wir uns noch einmal sehen, bevor sie das Projekt abgeben. Ich möchte mich noch einmal ganz herzlich bei Ihnen für den großen Einsatz bedanken. Sie haben ja einen netten Nachfolger. Herr Bettelmann hat sich letzte Woche hier vorgestellt. Ist er nicht reizend?"

Mir fiel mein Unterkiefer herunter, mein Mund stand auf und die Worte steckten fest. Haltung bewahren! Nichts anmerken lassen. Innerbetriebliche Angelegenheiten gehen Außenstehende nichts an. Ich erwiderte: „Ja, reizend ist er."

Frag mich nicht, wie die Unterhaltung weiter ging. In meinem Kopf drehte sich alles um einen Gedanken. Was genau habe ich da verpasst?

Als ich zurück von meinem Termin war und wieder in meinem Büro saß, da konnte ich es immer noch nicht fassen. Was wissen die Anderen, was ich nicht weiß? Warum wird mein Arbeitsplatz ständig auseinandergenommen und wieder auf eine unerklärbare Weise zusammengesetzt. Einmal kommt dabei eine Stellenauslastung von 100%, dann zu 200 %, mal zu 65 % und jetzt wieder zu 100% heraus.

Irgendwann rief ich dann meinen Helden an. Er beruhigte mich, und meinte es wäre besser, wenn ich mir nichts anmerken lasse. Solange ich nichts schriftlich vorliegen habe, sind die Projekte mir übertragen. Mir nichts anmerken lassen? Fällt mir schwer. Ich bin so wütend, ich könnte schreien. Vielleicht war es auch nur ein Versehen?

Einige Tage später erhielt ich eine Einladung von Herrn König. Er ist einer der stellvertretenden Geschäftsführer unseres Unternehmens. Dabei wollte er eines meiner Lieblingsprojekte mit mir besprechen.

Ich erschien natürlich pünktlich zum Gespräch mit den Projektunterlagen. Er begrüße mich und legte mir ein Blatt beschriebenes Papier hin. Darauf stand, dass ich ab sofort auch ihm unterstellt bin und zusätzlich den Arbeitsplatz von Herrn Herz übernehmen werde.

Jetzt habe ich also zwei Arbeitsplätze. Über das Projekt wurde nicht gesprochen. Der Eindruck entsteht, er hat mich unter falschen Voraussetzungen zu sich gerufen.

„Ja, was wird mit meiner anderen Arbeit?", fragte ich.

„Frau Kaiser ist erkrankt. Jetzt habe ich hier das Sagen. Hat Ihnen Frau Kaiser nicht gesagt, dass ein Projekt von Ihnen abgezogen wird? Da haben sie ein Drittel weniger zu tun."

„Dann hätte ich jetzt einen Arbeitsplatz mit 166,6 %?"

„Das kann gut sein, in sechs Monaten werden wir sehen, wie Sie gearbeitet haben und dann wird über Sie neu entschieden. Weiterhin sind Sie ab sofort für den Bereich von Herrn Herz mir unterstellt und Sie arbeiten in Team 1 mit."

„Ich kann schlecht mit Team 1 arbeiten, da ich „Luft" für die Mitarbeiter des Team 1 bin."

„Sehen sie es doch als Bewährung an. Sie können sich ja bewähren und beweisen wie gut sie arbeiten."

Ich wurde auf Bewährung von Herrn König entlassen.

Herr König war einer der Mitarbeiter, die damals mit Handzeichen abgestimmt haben und mir somit jeglichen Zutritt zum Team 1 verweigerten.

Weiterhin fraglich ist für mich, warum muss ich mich bewähren? Was habe ich getan? Beweisen muss ich mich auch nicht. Ich habe bisher gute Arbeit geleistet.

„Auf Bewährung"

Deine Elisabeth

Bruder Andre

Lieber Chandrashekara,
um mich herum ist so ein komischer Ruf. Angeblich hat die Chefetage das Gerücht verbreitet, dass ich die Arbeit verweigere. Die anderen Mitarbeiter müssen nun angeblich mehr arbeiten, da ich ja nicht arbeite.

Weiterhin sind sich hier augenscheinlich alle Firmenangehörigen darüber einig, dass ich nicht belastbar und zu oft krank bin.

„Wer im Glashaus sitzt, sollte nicht mit Steinen schmeißen!"

Die Heilpraktiker sagen, dass es keine gesunden Menschen gibt. Jeder hat irgendeine Erkrankung. Ob man Kenntnis davon hat oder nicht.

Bereits seit der Geburt verfügen die Menschen über unterschiedliche körperliche Gegebenheiten.

In unserem Unternehmen entsteht bei mir der Eindruck, dass nur Menschen mit allerbester Gesundheit eingestellt werden sollten.

Spiele ich weiter mit dem Gedanken, stelle ich mir die Frage, warum durfte ich eigentlich studieren, wenn ich es nicht wert bin, und meine Gesundheit hier immer wieder in Frage gestellt wird.

Ich beruhige mich immer wieder mit dem Gedanken an Bruder Andre.

Bruder Andre war ein nicht ganz gesunder Mönch. Er stellte sich in verschiedenen Klöstern vor und kein Kloster wollte ihn aufnehmen, da er so krank war und es dem Kloster zu viel Geld kosten könnte. In Montreal, Kanada, ist es ihm gelungen aufgenommen zu werden. Er hat eine kleine Kapelle gebaut. Die Menschen sahen dies und halfen ihm. Seinem Wesen war es zu verdanken, dass immer mehr Menschen halfen und heute steht neben der kleinen Kapelle von Bruder Andre die größte Kathedrale von Nordamerika. Ein gebrechlicher Mensch mit großem Geist hat viel erreicht!

Deine nachdenkliche Elisabeth

Kontakt verloren, Gier, Neid, Einsicht, Liebe

Liebe Elisabeth,
Deine Zeilen bewegen mich und ich will deshalb gleich schreiben.

Ich habe den Kontakt verloren:

Manchmal scheint es im Rückblick des Lebens, dass es eine Stelle gibt, an der ich mich verloren habe. An der ich plötzlich anders wurde und nicht mehr der Norm der Anderen entsprach. Oder auch, dass mir eine Einsicht in wichtige, die richtigen Lebensregeln, nicht gelang und ich so außen stand. Daneben.

Nie bin ich auf die Idee gekommen, dass diese Einschätzung bereits eine Einschätzung aus dem falschen Blickwinkel gewesen ist. Zu diesem Zeitpunkt hatte ich mich selbst bereits aus den Augen verloren und strebte in meinem Tun nicht so sehr danach, mich selbst wieder zu finden, sondern den Anderen nachzuahmen und wieder normal zu werden.

Dabei hat mich einfach nur etwas verlassen oder ich hatte mich verlassen. Was auch immer, das wusste ich noch nicht. Ich wusste ja noch nicht einmal, dass es so war.

Ich war nicht mehr Herrscher meiner selbst. Und diesem Umstand hatte ich meine Blindheit, all mein Unglück zuzuschreiben.

Ist es ein Werk des Teufels, dass wir unseren eigenen Nachkommen, jedenfalls nicht wissentlich, das Werkzeug nicht an die Hand geben, um bei sich selbst zu bleiben. Ich kann mich jedenfalls nicht daran erinnern, dass mir jemals beigebracht wurde, regelmäßig meine Vernunft auf rechtes funktionieren zu kontrollieren. Sie gar bei erkanntem Bedarf zu reinigen von den Spuren des Obsiegens der Interessen und der Macht, die die Vernunft blenden. Gerade das regelmäßige Reinigen ist notwendig, weil die Gefahr nie ganz zu bannen ist.

Über Gier, Neid und Einsicht, dass dem so ist, habe ich folgende Anmerkungen:

Andererseits gab es immer wieder Lichtblicke, die ich nicht als solche ansah.

Manchmal war es mein reizbares melancholisches Temperament, welches mir zu den scheinbaren Notwendigkeiten und Genüssen des Lebens einen bitteren Beigeschmack bot. Nur ein Lichtblick, ein Signal, eine Botschaft, aber noch lange nicht die Einsicht, was Glück ist oder was sich hinter den Genüssen verbirgt.

Es waren Signale, die ich selbst nicht entschlüsseln konnte, die aber Reaktionen auslösten. Mich einstweilen finsterer werden ließen, ich mich von Mal zu Mal mehr in mich kehrte oder auch ungerecht gegen alles wurde, was mich umgab.

Viel später erst, ist mir aufgegangen, dass mich die Welt der Notwendigkeiten und Genüsse nie ganz verlassen wird. Egal zu welchen Einsichten ich komme. Es ist der Fluss des Lebens mit der Vielzahl der Wirklichkeiten und nur wer von Haus aus ziemlich wackelig ist, lässt sich dadurch seinen Kopf verdrehen.

Meine Gedanken zur Unwissenheit:

Fast schon könnte ich mich mit dieser Einsicht wie zu Hause fühlen. Eine Dualität ist gefunden, in der sich das menschliche Denken so wohl fühlt. Es sind da Menschen, die von Haus aus im Denken ziemlich wackelig sind und Menschen, die die Welt kritischer betrachten.

Aber auch darin liegt wieder eine Herausforderung.

Wohingegen das Auffinden von sogenannten intelligenten Menschen noch einfach ist, ist das Finden solcher, die bereit sind, über etwas zu sprechen, für das es im gewöhnlichen Leben keine Worte gibt, ausgesprochen schwierig.

Nicht einmal Leute, die über Kunst und Wissenschaft, über ein höheres Leben überhaupt sprechen, sind automatisch in die Tiefen des Denkens an sich eingedrungen.

Will ich mich in das Gespräch einbringen und einen Gedanken in die Tiefe führen, sind meine Gesprächspartner schon beim nächsten Thema oder verfolgen Ziele, die so ganz anderer Natur sind.

Jedenfalls ist nicht zu erkennen, dass mit Worten nicht nur Gedanken wieder gegeben werden, sondern auch darum gerungen wird, aus Worten Gedanken werden zu lassen.

Was tun?

Auch ein paar Worte zu verliebt sein und Liebe:

Wer kennt mich besser, als der Mensch, mit dem ich zusammen lebe?

Das könnte ein erster Schritt sein, auf den sich aufbauen lässt.

Wie verstört war ich, als ich in einer Gruppentherapierunde von der Psychologin gefragt wurde, ob ich meine Frau überhaupt liebe?

Natürlich, wie kommen Sie darauf? Wir sind schließlich schon Jahre verheiratet, haben ein Kind, ein gemeinsames Haus...

Sie klärte mich jedenfalls an diesem Tag nicht darüber auf, was sie mit der Frage bezweckte. Das gehört auch nicht zum Verhaltensspektrum eines Psychologen.

Mit viel Abstand, einer Scheidung, dem Verkauf des Hauses und einiger Jahre an Lebenszeit, ist es heute keine bloße Ahnung mehr für mich. Ich habe Gedanken und Worte zu allem. Jedenfalls zu der Frage, ob ich meine Frau überhaupt geliebt habe.

Ich will nicht ausschließen, dass wir uns mal geliebt haben und dass auch mal die Möglichkeit bestand, die Liebe wachsen zu lassen. Was ich für mich behaupte, unterstelle ich auch meiner damaligen Frau. Liebe war dabei.

Jedenfalls für mich muss ich einschränken, dass ich von den Möglichkeiten nicht den nötigen Gebrauch machte. Nicht ständig an mir und der Liebe gearbeitet habe. Liebe ist niemals fertig; sie wandelt sich im Lauf des Lebens, reift und bleibt sich gerade dadurch treu.

Nicht so in meiner Ehe.

Was mir als Ideal von einer Liebe in der Jugend zunächst instinktiv klar war, hatte sich in der Realität ziemlich schnell verflüchtigt.

Was war es doch für ein schöner Traum, mit einer zukünftigen Partnerin eine Gemeinsamkeit im Wollen und

Denken zu bilden. Das gleiche Fühlen und Denken und daran wachsen. Das eigene Wollen ist auch der Wille der Partnerin. Liebesgeschichte-Paradies.

Die Praxis war einfach anders. Die Liebe war lange schon abhanden gekommen, noch bevor es die Akteure bemerkten. Geblieben war bestenfalls ein Verliebt sein. Jeder aus seiner Sicht.

Das ist die ganze Wahrheit.

Welche seltsamen Verschlingungen das Paar verbunden hielten, war ihnen vielleicht selbst nicht bewusst. Dass es kein Vorsatz war, scheint sicher. Dafür haben beide zu sehr gelitten. Jeder auf seine Art und Kraft seiner Fähigkeiten und Fertigkeiten. Ethanol, der stumme Schrei.

An diesem Schrei hätte ich mich fast übernommen, hätte ich nicht einen Weg gefunden, ohne diesen auszukommen.

Da sich das Schreien nur bedingt unterdrücken ließ, war die Trennung die Folge. Neuanfang.

Hier bin ich Mensch…

Chandrashekara

Liebe

Lieber Chandrashekara,
endlich ein Lebenszeichen von Dir.
Woher sollten wir auch etwas von Liebe wissen?
Sicherlich haben sich meine Eltern geliebt oder in Deinem Fall lieben deine Eltern sich immer noch.

Haben die Eltern uns genug beigebracht zum Thema Liebe? Meine Eltern haben da versagt.

Liebe kam im Film vor. Meistens gab es ein Happyend.

Auch die Märchen endeten, „und wenn sie nicht gestorben sind, dann leben sie noch heute."

Die Aufs und Abs im Leben wurden kaum betrachtet.

Ja, und wer hat uns in Liebe unterrichtet?

Wer hat uns Moral und Nächstenliebe beigebracht?

Vielleicht gibt es eines Tages eine Liebesschule, in der man auch lernt sich selbst zu lieben.

Bei deinen Zeilen denke ich ganz stark an eine Begegnung mit einigen Freunden. Dabei musste ich wieder erleben, dass es gar nicht um ein „Gespräch" ging, es ging nur darum hinein zu rufen, wer was weiß, und der am lautesten ist, gewinnt und bekommt keinen Preis.

Ich beobachte dabei gern die Menschen, die einfach weiter reden, ohne dass ihnen überhaupt noch jemand zuhört. Irgendwann sehen sie sich um, merken es erst viel zu spät.

Am Freitag rief dann eine Dame: „Hallo, ich wollte gern meinen Satz zu Ende sprechen." Aber keiner der Anderen ließ sich stören und bemerkte sie.

Wir sahen uns beide an, zwischen uns die schnatternde „Hühner" und wir dachten bestimmt das Gleiche über das Gekreische.

Schwierig ist es im Leben einen guten Gesprächspartner zu finden. Auch dies könnte man in der Schule lernen.

Wie höre ich zu?

Kann mein Gegenüber mir überhaupt folgen?

Auch gibt es Unterschiede zwischen den Geschlechtern, den Charakteren bzw. Temperamenten der Gesprächsteilnehmer.

Beobachte einmal Frauen, die unterhalten sich über ein Thema, springen zum nächsten, sprechen dreißig verschiedene Dinge an, verlieren den Faden unterwegs und kommen dann wieder beim Anfangsthema an und sind nicht mal darüber verwundert.

Ich nenne das „Froschhüpfen der Gedanken" und zum Schluss schließt sich der Kreis wieder.

Ich stelle mir auch die Frage, woher wollen wir wissen, dass die Anderen richtig liegen mit ihrem Leben und ihren selbstgefälligen Regeln.

Vielleicht sind wir, die etwas anderes Denkenden, vielleicht sind wir es, die den richtigen Keim in uns haben und diesen auch den anderen Generationen weiter geben sollen. Vielleicht sind wir es auch nicht.

Vielleicht fühlen wir uns so unwohl auf unseren Arbeitsplätzen, weil wir nicht an der richtigen Stelle sind.

Das „Leben" hat etwas anderes mit uns vor. Wir müssen nur die Augen richtig aufmachen und die Signale erkennen.

Wir können darüber dankbar sein, dass wir zwei uns gefunden haben. Ein Beginn eines wunderbaren Weges...

Elisabeth

In die Tiefe gehen

Liebe Elisabeth,
vielen Dank für die schnellen Anmerkungen.
Es ist schön zu sehen, wohin die Gedanken gehen. Da ließe sich in die Tiefe gehen.

Jedenfalls liegt nicht all unser Werden in den Händen der Eltern und der Umwelt, die uns nach unserer Geburt in Empfang nimmt. Das meiste bringen wir schon mit. Ein Teil davon wird unverändert bleiben, ein weiterer kann durch unser Zutun wachsen und ein dritter Teil beschränkt sich nur auf unser Hiersein. Den dritten Teil werden wir vollständig hier lassen müssen, wenn wir gehen.

Der Trieb zur Arterhaltung ist äußerst stark. Ein Teil der Gefühle kommt aus den Instinkten und ist evolutionär sehr alt. Dies ist der Funke, den ich meine. Alles weitere sind erlernte Muster, Wünsche, Begierden ... Was sich daraus allein nährt, hat keinen Kontakt zur Basis.

Was wir an Verantwortung zu tragen haben und damit auch das gesamte soziale Umfeld, also auch die Eltern, ist die Kontaktpflege zum eigenen Selbst und die Pflege des dritten Teils im Einklang mit diesem.

Darin sehe ich Defizite. Da können sich Menschen noch eine Menge beibringen. Auf dem Gebiet der Liebe, der Kommunikation und so weiter.

Tja, und ob wir mit unserem Denken richtig liegen: „Sagt uns das Licht."

Meine Gedanken werden dabei davon getragen, dass wir nur sehr wenig wissen, die Transparenz zum immanent Transzendenten selten ist und möglicherweise auch Diversität der Auftrag ist.

Ich finde es schon wunderlich, das Leben. Da gibt es Leben auf der Erde an den unterschiedlichsten Orten und in den verschiedensten Formen.

Da sitzt zum Beispiel Du an deinem Schreibtisch und machst dir Gedanken über Dein Leben, Gott und die Welt. In der gleichen Sekunde gibt es auch all das andere Leben in all seinen Formen und an all den verschiedenen Orten. Auch ich bin in dieser Sekunde. Alles in einer Sekunde. Gleichzeitig. Und gleichzeitig ist da auch die Verschiedenheit der Gedanken sowie deren Tiefe.

Etwas fällt zu Boden und wird nicht bemerkt. Weshalb sieht es keiner. Ich habe es doch gesehen.

In anderen Situationen wirkt die Verschiedenartigkeit störend. Wenn ich im Straßenverkehr so unverhältnismäßig konzentriert sein muss. Nicht wegen der Schwierigkeit, ein Auto zu steuern oder die Verkehrsregeln zu beachten, sondern, weil ich andere Menschen und ihr Tun im Straßenverkehr beobachten muss und in Verhältnis zu meiner eigenen Fortbewegung zu setzen habe. Dann ist es nicht nur mehr das Wunderliche in der Verschiedenartigkeit des Seins. In solchen Augenblicken habe ich dann einfach Zuviel von all der wabbeligen Masse, die sich von selber vorwärts bewegt.

Hin und wieder fahre ich Bahn.

Aber auch anderen Orts trifft man auf die wabbelige Masse, die sich von selber vorwärts bewegt. Mehr oder weniger.

Es scheint da Gesetzmäßigkeiten zu geben, wo sich dieses Leben ansiedelt. Im Kleinen betrachtet, also Klimazonen mal außen vor gelassen, sind es immer die gleichen Prinzipien, die einen Ort so befruchten, dass die wabbelige Masse sich dort wohl fühlt. Zu nennen sind da Bahnhöfe, Einkaufszentren oder Touristenabwurfplätze. Solche Orte und deren unmittelbare Nähe sind derart nährstoffreich, dass sich etwas ansiedelt. Man meide solche Orte, wenn man nicht ausreichend in sich ruht oder im Zwischenzustand weilt.

Nun noch eine andere Betrachtung anhand der Zeit. Aber ebenso wunderlich, wie die Vielzahl der Dinge innerhalb einer Sekunde.

Kann es nicht sein, dass der Ort, an dem Du sitzt und arbeitest und an den Du Dich gar nicht so gern erinnerst, weil er Dir so schrecklich vorkommt, nicht einmal ein heiterer Ort gewesen ist. Wer weiß, so um das 16. Jahrhundert herum vielleicht. Oder zu einer anderen Zeit. Gleichwohl wird er nicht ewig das sein, was er heute ist. Was ist morgen oder noch viel später? Vielleicht um das Jahr 2376? Zu abstrakt? Dann fragen wir die Statuen in unserem Stadtpark.

Momentan sind sie gut verpackt, denn es ist immer noch Winter. Bald aber ist es Frühling und sie verlieren ihre grauen Brettermäntel und strahlen wieder in ihrer ganzen Pracht.

Nicht alle Statuen sind Originale und so mancher fehlt schon ein Arm. Den männlichen Exemplaren fehlt häufig der Penis. Eine merkwürdige Lepra, die, wie eine Epidemie, zahlreiche Statuen im Park befallen hat.

Sie leben nicht, sind aber auch nicht ganz leblos. – Was haben diese Statuen schon alles gesehen?

Chandrashekara

Wieder eine neue Aufgabe

Lieber Chandrashekara,
mich haben die gestrigen Ereignisse wieder ziemlich platt gemacht.

Immer wenn ich denke, sie lassen sie mich in Ruhe, dann „schlagen" sie wieder zu.

Ich bekam einen Anruf von Frau Ernst, Leiterin der Projekte, welche mir übertragen werden sollen.

„Hallo, Frau Grün, ich habe heute von Frau Kaiser erfahren, dass sie nun für mich arbeiten. Also fangen wir an, heute ist Montag, ich sende Ihnen per E-Mail einige erforderliche Unterlagen. Bereiten sie sich bitte bis Mittwoch vor. Am Mittwoch gehen sie zu einer Präsentation. Vertreten sie das Unternehmen ordentlich. Danach müssen wir uns noch treffen, kommen sie am Donnerstag oder spätestens am Freitag zu mir nach Sonnenschein, dann weise ich sie in die nächsten Projekte ein."

„Guten Tag, Frau Ernst, es gab ein Gespräch bei dem die Übertragung von einem Projekt die Rede war. Sie nehmen mich ja gleich völlig in Beschlag. Im Moment habe ich wichtige Terminarbeiten. Ich werde versuchen, Ihnen gerecht zu werden."

„Ja, da müssen wir reden, denn ich werde die zwei Arbeitstage festlegen, an denen sie für mich arbeiten werden. Ja, und sehen sie alle Kollegen sind zurzeit krank, und ich habe gar keinen Mitarbeiter und da könnten sie doch sicherlich mehr übernehmen."

Auf meinem Monitor schlagen elf E-Mails ein, jede mit ein bis zwei Anlagen.

Ich bin bereit meine Arbeitskraft entsprechend der vertraglichen Vereinbarungen ein zu bringen.

Am Abend sprach ich dann mit meinem Helden. Ach, wie glücklich bin ich, dass es einem Menschen gibt, der mich versteht.

Der Held hat sogar noch mehr Bedenken geäußert als ich. Letztendlich entschlossen wir uns dazu, Frau Kaiser nochmals schriftlich auf ihre Pflichten hinzuweisen. Dies ist für mich rein arbeitsrechtlich wichtig.

Das Anschreiben ging gestern Abend noch raus, damit ich endlich zur Ruhe komme und damit ich in der Nacht schlafen kann.

Leider habe ich letzte Nacht wenig geschlafen. Auf dem Bettrand saß nun auch noch neben Frau Kaiser, Frau Ernst.

Was soll ich tun? Wie geht es weiter? Ich bin etwas ratlos. Mir gefällt, das alles nicht.

Arbeite an der Achtsamkeit!

Gib mir die Gelassenheit…

Elisabeth

Das "Innere Lächeln"

Liebster Chandrashekara,
ein anderes Beispiel, die Welt besser zu machen ist, einfach ein kleines Lächeln auf den Lippen zu tragen. Schaue alle Menschen an und lächle.

Das ist am Anfang für unsere Gesichtsmuskeln anstrengend. Wir sind es in dieser rauen Welt gar nicht mehr gewöhnt. Bald merkst du die Veränderung in den Gesichtern der Anderen, manche lächeln sowieso, andere lächeln zurück, manche sind erschrocken, manche überlegen, woher sie dich kennen und grüßen dich. Dann überlegst du wieder, kenne ich den?

Das innere Lächeln sollte man sich immer bewahren und nach außen tragen. Das hebt die Grundstimmung ungemein.

Das „Innere Lächeln" ist auch eine Übung aus dem Qigong. Man schließt die Augen und geht in sich. Durch das Schließen der Augen schirmen wir uns von der Außenwelt ab und die Ablenkungen für den Geist werden weniger. Mit dem „In sich gehen" konzentrieren wir uns mehr auf unsere innere Welt. Am besten „schließen" wir noch unsere Ohren.

Wir atmen ruhig und spüren in uns hinein und freuen uns über uns selbst.

Wir lächeln uns selbst zu.

Ich lächele meinem Herzen zu und bin dankbar für seine unermüdliche Arbeit.

Ich stelle mir vor, wie mein Herz zurück lächelt.
Ich lächele meinen Leber, meine Nieren, meinem ganzen Körper zu und freue mich.

Ich freue mich auch über Dich

Deine Elisabeth

Urlaub

Lieber Chandrashekara,
ich fragte bei der Sekretärin nach, ob mein Urlaubsschein, wie verabredet, nun endlich in der Post ist, er ist schon über eine Woche unterwegs.

„Neeeeeeiiiiinnn, die Chefin unterschreibt ihn nicht."

Oh, denke ich, das hatten wir noch gar nicht, wieder ein neues Spielchen.

Und wie ich so meinem Gedanken noch nachhänge, hat die Sekretärin mich auch schon zur Chefin durchgestellt. Damit geht der Kampf, der Arbeitskampf, in die nächste Runde.

Es folgt eine Diskussion über meine Arbeit. Urlaub kann sie jetzt nicht genehmigen.

Fassen wir einmal zusammen, all die Jahre habe ich die mir übertragenen Aufgaben termingerecht und gut, ja eigentlich auch sehr gut, absolviert. Auch war ich sehr engagiert und habe viel Arbeit mit nach Hause genommen.

Ja, warum sollte ich jetzt keinen Urlaub bekommen? Es steht doch nichts dagegen.

Auf einmal ist der Wurm drin. Ich kann mich drehen wie ich will, auf allen Seiten habe ich Schwierigkeiten.

Wie ist es mit dem Spiegel? So wie ich in meinem Kopf denke, spiegelt sich meine Umwelt wieder?

Das ist eine ernste Frage an Dich, mein Lieber.
Elisabeth

Vampir

Lieber Chandrashekara,
auch heute ging es wieder um die Erledigung meiner alten Projekte. Ein Anruf von Firma K.

„Tut mir leid, ich kann dir auf dem Gebiet nicht mehr weiterhelfen, das Projekt wurden an Herrn Bettelmann übergeben", sage ich.

„Aber warum denn, du hast doch gute Arbeit geleistet."

„Ja, warum? Das wüsste ich selbst gern."

„Ich kann dir das sagen. Die Kaiserin und ihre jungen Männer... Die schiebt nur die Jungen vor und dann noch die männlichen. Sieh doch da gibt es noch einen Mitarbeiter, der aus dem Nichts kam und gleich an die richtige Position gesetzt wurde, da wo man viel Geld verdient."

„Aber, der Bettelmann ist doch homosexuell."

„Weißt du das so genau? Aber so habe ich es auch nicht gemeint. Die Kaiserin schmückt sich gern mit jungen Männern. Vielleicht ist sie ja so eine Art Vampir, die saugte den Jungen die Jugend aus."

Elisabeth

Dorfmobbing

Lieber Chandrashekara,
am letzten Wochenende hatte ich ein Gespräch mit einer alten Freundin.

Sie brachte einen neuen Blickwinkel in das Gespräch über Freunde.

Wir redeten über unsere Kinder, die stolz darauf sind jeder Hunderte von Freunden zu haben.

Ich habe Jeanette vor über 30 Jahren kennen gelernt und kenne sie eigentlich gar nicht richtig.

Wir tauschten so unsere Gedanken aus, über Freundschaften pflegen und man kann stolz sein, wenn man eine Hand voll guter Freunde hat, auf die man sich in guten und in schlechten Zeiten verlassen kann.

Viele meiner sogenannten „Freunde" verbringen nur ihre Zeit mit mir, wenn ich „gut drauf" bin. Gute Feste feiern, schnell mal in eine Ausstellung, ab ins Theater und so weiter.

Doch wenn es mir nicht gut ging, waren die meisten „Freunde" verschwunden, mit der Begründung: „Ach, wir dachten du willst deine Ruhe haben."

Jeanette erlebte es anders. Es ging ihr nie finanziell gut. Von oben herab waren die „Freunde" da. Jeanette hat drei Kinder von drei Männern und lebte meistens von Sozialhilfeleistungen. Sie wohnt ganz bescheiden auf dem Land in einem uralten Häuschen.

Jetzt sind die Kinder aus dem Haus und Jeanette wollte keine staatliche Hilfe mehr in Anspruch nehmen. Sie hat ihre Kraft konzentriert und fleißig gemalt. Stolz erzählt sie mir, dass sie zwei selbst gemalte Bilder für je 2000 Euro verkauft hat.

„Ja, lache mich nicht aus. Ich habe im letzten Jahr mit meiner Kunst 8 000 Euro verdient und mich damit allein ernährt und da bin ich stolz drauf. Und wie das Leben so spielt, du glaubst es kaum, da haben mich meine Freunde geschnitten. Sie verkraften meinen Erfolg nicht. Sie meinen ich wäre ungelernt und hätte nicht das Recht mich als Künstlerin zu etablieren. Sie sind neidisch und ich habe mich hier in meinem Dorf einen wahren Dorfmobbing ausgesetzt."

„Ja, Neid muss man sich erarbeiten."

Elisabeth

Ab ins Boot

Lieber Chandrashekara,
ich sitze wieder in meinem Büro und bereite mich auf den Besuch der Kaiserin vor.

Mir ist ziemlich übel und irgendwie fehlt mir die Energie, mich mit den ständigen quälenden Gesprächen auseinander zu setzen.

Heute Nacht saß die Kaiserin wieder in meinem Bett. Zwischen 2 Uhr und 3 Uhr morgens lag ich wach. Ich habe versucht mich auf andere Gedanken zu bringen. Der nächste Schritt war, den Kopf frei zu machen.

Die Gedanken zogen gleich kleiner Wolken dahin. Ich hatte eine Angel und zog mit dem Haken die passenden Dinge in meinen Kopf, die hielten mich wach. Ich wurde immer wütender darüber wie Menschen mit Menschen umgingen.

Ich bin so ziemlich auf Krawall eingestellt, ich platze gleich vor Wut.

Irgendwann schlief ich ein und träumte.

Ich sitze traurig resigniert auf meinen Bürostuhl und warte auf die Pech Marie, die den Teer über mir ausschüttet. Es ist Frau Kaiser.

Danach werde ich von Frau Rat, ach, Frau Holle, noch gefedert und dann den Mob präsentiert zur Belustigung.

Dabei darf ich einige Karren aus dem Dreck ziehen und zum Schluss, wenn ich das geschafft habe, bekomme ich einen Tritt und falle in den tiefen Brunnen und ertrinke.

In Schweiß gebadet wache ich auf. Meine Gedanken drehen sich im Kreis.

Wie kann ich da raus kommen?

Ja, der Held sagt: „Durch Kündigung."

Doch mir fehlt der Mut zu so einem Schritt.

Ich muss einfach mutiger werden.

Der einzige Weg das sinkende Schiff zu verlassen ist…

Nein es gibt mehrere Wege:

1. Das Rettungsboot, ich würde sagen ist eine andere Arbeit beim selben Arbeitgeber. Hier weiß man nicht, ob er nicht genau so schlechte Rettungsboote hat wie das ursprüngliche Boot eins war, alt und kaputt und nicht gewartet.
2. Schwimmen. Schwimmen ist gut. Kommt auf die Entfernung an, kommt eine Insel, ein anderes Boot, die persönliche Kondition oder man geht unter.
3. Hubschrauber ist eher unwahrscheinlich. Der Hubschrauber wäre mein Lottogewinn.
4. …ich denke nach.
5. …Schwimmweste.
6. Ich halte mich an einem Menschen ganz stark fest. Der geht dann mit unter. Quatsch, der ist Rettungsschwimmer.
7. Es kommt ein Stück Holz.
8. …ich werde weiter nachdenken…

Und jetzt bereite ich mich mit einer guten Tasse Kaffee auf die kaiserliche Hoheit vor.

Deine Elisabeth

Prüfungssituation

Lieber Chandrashekara,
gestern habe ich mich mit meinem Helden über das Thema schlechte Erlebnisse unterhalten. Es ging um eine Prüfungssituation bei der alle Außenbedingungen schlecht waren, und dass man da gerade so durch ist. Also meine Fahrprüfung fand im Berufsverkehr, in der Dunkelheit statt, es war Winter, schlechte Straßenverhältnisse, strömender Regen, als stürzen Bäche auf das Auto ein und schlechte Scheibenwischer und so guter Letzt fuhr ich in einer Stadt, die ich nicht kannte. Überall waren gleichberechtigte und schlecht einsehbare Straßen. Das Licht reflektierte. Der Prüfer war sauer, dass er sich in so ein altes Auto zwängen musste. Und zum Schluss habe ich an einer Kreuzung rechts und links verwechselt und schlug somit einen anderen Weg ein. Ich dachte, durchgefallen. Wie schade.

Bestanden. Ich konnte es gar nicht glauben.

Der Held hatte gestern auch so einen Tag. Er lernt gerade fliegen. Viele Faktoren lagen in der *„Luft"* und er war mit sich nicht zu frieden.

Im Gespräch waren wir beide der Meinung, dass man unter schlechten Bedingungen wesentlich mehr lernt, als unter guten Bedingungen. Auch im richtigen Leben ist nicht jeden Tag Sonnenschein und der Wind bläst einem böig um die Nase und wird manchmal zum Sturm.

Mein gestriges Gespräch mit der kaiserlichen Hoheit habe ich überstanden.

Bei mir entstand der Eindruck, dass sie mich etwas besser verstand und das viele unterschwellige Dinge zwischen uns einfach nur aus Unwissenheit bestehen.

Sie hat eben ihren eigenen Blickwinkel.

„Jeder hat seine Sicht, doch nicht jeder sieht etwas."

Ich bin momentan noch am Verdauen. Auf jeden Fall habe ich letzte Nacht schon etwas besser geschlafen.

Mich hat eher das Angebot einer anderen Firma beschäftigt. Ich könnte mich dort einer Prüfung stellen und noch einmal von vorn anfangen, in dem ich mich ein Jahr einarbeiten lasse.

Nach einem Jahr wird entschieden, ob ich dann da bleiben darf.

In meinem Alter und mit meiner Berufserfahrung widerstrebt es mir eigentlich mich irgendwelchen Eignungstests zu unterziehen, denn diese habe ich ja schon x-mal absolviert und wenn ich so ungeeignet wäre, befände ich mich heute nicht in der Position.

Darüber denke ich heute also nach. Ich werde nachher meinen Helden befragen.

Jetzt schreibe ich schon sehr lange an Dich. Ich bin sehr froh, dass ich mich Dir mitteilen kann.

Elisabeth

Rollen

Liebster Chandrashekara,
ich habe über Rollen im Leben nachgedacht:
Die Tochter war ich, bin ich nicht mehr, da meine Eltern verstorben sind. Oder bin ich es wieder, weil sich andere mir annahmen. Ich bin keine Schwiegertochter, weil ich nicht verheiratet bin. Aber vielleicht die angenommene Tochter.

Ich bin die Mutter.

Ich bin die Geliebte.

Beides Rollen, die mir gefallen.

Ich bin die Lehrerin.

Ich bin die gemobbte Angestellte.

Ich bin aber auch eine Kollegin.

Ich bin die nette Nachbarin.

Ich bin auch die Kämpferin.

Auch manchmal die Nörglerin.

Wenn ich mein Selbstwertgefühl, nur über eine dieser Rollen definiere, zum Beispiel ich bin „nur" die Mutter, werde ich mich schlecht fühlen, wenn ich gerade in einer anderen „Rolle" bin.

Ich bin mehr als das, was ich von mir sehe oder was ich von mir weiß, denn immer wenn ich denke, ich weiß wer ich bin, habe ich mich bereits verändert.

Ich bin nicht mehr das kleine Mädchen aus Thüringen.

Und ich bin in diesem „dummen Menschenspiel" längst nicht mehr das Opfer.

Ich bin eine Kriegerin!

Ich lasse mich nicht fertig machen von der Kaiserin.

Ich nehme die Kaiserin auch nicht mehr in Schutz und irgendwann ist meine Loyalität auch dahin.

Der Held sagt immer, du musst die Kaiserin nicht entschuldigen für ihr Tun. Du kannst nichts dafür, dass sie so ist.

Manchmal muss man einfach von vorn anfangen und die Situation verlassen.

Wenn sie nicht mehr über uns reden, dann sind wir nicht mehr interessant.

Egal was ich tue, ich erziele eine Wirkung, bin ich gut oder noch besser als gut, schaffe ich mir einen Feind.

Wenn man beliebt sein will, muss man sich schon durch Mittelmäßigkeit auszeichnen.

Finde heraus, was du willst und lerne es zu fordern.

Ich weiß es…

Deine Elisabeth

Die Notaufnahme

Lieber Chandrashekara,
erschrecke nicht. Ich lag heute auf dem Behandlungstisch der Notaufnahme. Drei riesige Lampen über mir und ich habe mir geschworen, mein Leben wir sich jetzt ändern, wenn ich hier wieder raus komme.

Was war geschehen?

Ein Alptraum. Ich bin traumatisiert. Ich finde die Worte nicht. Ich bin sprachlos.

Eine Kollegin rastete völlig aus, weil ich eine einzige Fachfrage gestellt hatte. Sie schmiss mit den Akten nach mir und brüllte rum. Danach warf sie wütend alle Ihre Stifte durch die Luft. Ein Alptraum!

Diese Frau hat gebrüllt und gebrüllt. Dinge um sich geschmissen. Sie hat getobt. Völlig außer sich. Erst war ich völlig erstarrt und dann habe ich mich zur Wehr gesetzt. Ich habe zurück gebrüllt. Damit hatte sie nicht gerechnet. Danach habe ich den Raum verlassen und mich in Sicherheit gebracht. Wohin? Ich rannte auf die Besuchertoilette und rief meinen Helden an.

„Verlasse die Situation", rief er.

„Oh, ja, aber wie? Ich muss doch arbeiten! Ich bin ratlos. Hilfe."

„Verlasse die Situation."

„Ja."

Mir tat alles weh. Ich bekam keine Luft mehr und mir wurde schwindlig. Ich ging zurück auf den Flur und sah das Büro von Frau Rat, dem Betriebsrat, vor mir. Ich brachte mich dort in Sicherheit.

Frau Rat war auch sehr aufgeregt und versuchte die Situation zu beherrschen. Sie schlug vor den medizinischen Notdienst zu holen. Noch mehr Aufsehen, kann ich in dieser Firma nicht gebrauchen. Sie schlug vor mich ins Krankenhaus zu bringen.

Und da lag ich nun auf der Notaufnahme mit Kreislaufzusammenbruch und Herzinfarktverdacht.

Sie haben mir meine Würde genommen.

Hilf mir!

Deine Lisa

Herzinfarktverdacht

Lieber Chandrashekara,
ich bin mit einem „blauen Auge" davon gekommen. Organisch bin ich gesund. Meine Seele hat Schaden genommen. Ich fühle mich sehr erschöpft und bin vorerst zu Hause. Anpassungsstörung, so die Diagnose meines Arztes. Da frage ich mich, wer ist da unangepasst? Ich bin schon einige Wochen krankgeschrieben und somit in Sicherheit vor den gut Angepassten.

Meine Gedanken überschlagen sich. Ich suche Auswege ... ach, bitte ... wenigstens einen Ausweg.

Ratlos

Deine Lisa

Sorgen

Liebe Elisabeth,
dass Du jetzt schon mehrere Wochen krankgeschrieben bist, hast Du bisher nicht erzählt. Bei dem, was alles in Deinem Berufsleben so passiert ist, wundert es mich aber auch nicht. Sorgen mache ich mir lediglich um Deine Bedenken zur Diagnose deines Arztes. Muss ich mir darum Sorgen machen?

Es ist gut, wenn Du Dich für den Moment in Sicherheit gebracht hast. Ob Du es Krankheit nennen willst oder nicht.

Es mag sein, dass Dein Arzt die Bezeichnung Anpassungsstörung gewählt hat, doch sagt das noch nicht, weshalb er dies als Ergebnis seiner Diagnose gewählt hat. Du solltest Dich auch nicht an der Diagnose stören. Das Ergebnis zählt zunächst, und das ist, dass Du momentan nicht in die Situation musst, an der Du leidest. Du hast Zeit für Dich und kannst deinen Weg gehen.

Ich bin es gewohnt, hinter jedem Begriff nicht nur das eine zu sehen, sondern das Eine. Worte sind für mich einerseits die Art, wie wir uns miteinander verständig machen, andererseits sind sie auch mit den Vorstellungen und Empfindungen verbunden. Das Wort Panzer kann ich in Bezug auf eine Schildkröte verwenden, höre ich es in einer Nachrichtensendung, löst es bei mir andere Assoziationen aus.

So ist es auch mit Deiner Anpassungsstörung.

Ich muss Dich nicht weiter kennen und doch kann ich Deinem Arzt zustimmen.

Das muss Dich jetzt nicht verwundern.

Ich löse auch gleich auf.

Wir sind täglich in unterschiedlichen Rollen, darüber schriebst Du in einen Deiner letzten Briefe ja bereits, unterwegs und agieren mit unserer Umwelt. Da findet ein ständiges ausloten und anpassen statt. Nichts ist für immer gleich.

Jeder Missgriff im Verhalten und in der Kommunikation ist eine Störung. Mit diesen können wir umgehen und die Umwelt ist darauf eingerichtet. Selten ist jemand geneigt, eine Kleinigkeit ewig nachzutragen. Manches bedarf aber mehr Zeit oder wir wollen uns aus naheliegenden Gründen nicht einfach anpassen. Unser Recht eben. Auch das ist noch keine Anpassungsstörung.

Für mich sieht es danach aus, dass es momentan Dein Recht ist, nicht überall so zu sein, wie Dich andere wollen. Du willst an etwas wachsen, für das Du Zeit brauchst. Dann nimm sie Dir. Dafür ist die Störung da.

Vielleicht hast Du schon einmal von dem Fitnesspapst gehört, Dr. Dalle. Von Beruf ist er eigentlich Mediziner, aber mit etwa 60 Jahren hat er das Laufen und die körperliche Fitness entdeckt. Inzwischen hat er auch einige Bücher in dieser Richtung geschrieben.

Ich hatte mal Gelegenheit, Dr. Dalle bei einem Vortrag auf einem Yoga-Kongress zu erleben. Dort hat er so etwas Ähnliches erzählt. Krankheit will dich zu etwas anhalten, was du ohne die Krankheit nicht tun würdest und Krankheit will dich manchmal von Dingen abhalten, die du sonst getan hättest. Ich finde, da hat er Recht.

Chandrashekara

Was für ein Tag

Lieber Chandrashekara,
was für ein Tag. Kaum bin ich aufgewacht, klingelte mein Telefon. Die Sekretärin der obersten Personalchefin, Frau Oben, fragt an, ob derzeit auch eine Gesprächsbereitschaft während meiner Arbeitsunfähigkeit besteht. Es wäre nett, wenn ich Frau Oben unter der bekannten Nummer anrufen könnte.

Hoffnungsvoll und sicherlich auch aufgeregt habe ich, nachdem ich mich gedanklich sortiert hatte und etwas zur Ruhe gekommen bin, der Bitte entsprochen.

Nach der Begrüßung fragte ich sie, ob Sie ein paar Minuten Zeit für mich hat?

Ja, sagte sie, und begann zu erläutern, dass sie gehört hätte, dass ich auch verkürzt arbeiten würde.

„In Ihrem Arbeitsbereich gibt es momentan Veränderungen."

„Ja", sagte ich, „davon habe ich von Frau Rat, Betriebsrat, gehört. Ich soll jetzt Herrn Bettelmann unterstellt sein. Wenn das so ist?"

„Ja, der Herr Bettelmann wird Ihnen liegengebliebene Arbeiten antragen."

„Oh", sagte ich, „da ergeben sich für mich viele Fragen. Erste Frage:

Habe ich nicht einen Umsetzungsantrag bei Ihnen gestellt?"

Sie, Frau Oben, meint, „den Umsetzungsantrag kann ich nicht stattgeben, da nirgends eine Stelle frei ist."

„Okay, meine Krankenkasse ist der Meinung, dass in einem so großen Unternehmen, mit fast 1000 Mitarbeitern, da etwas zu machen sei."

„Nein, da ist nichts zu machen, Sie können sich ja auf die ausgeschriebenen Stellen bewerben."

„Gut", sage ich, „das habe ich getan. Ich habe mich in der letzten Zeit auf drei verschiedene Stellen beworben und mich meiner Meinung nach auch gut präsentiert. Auch habe ich als Einzige einen Eignungstest absolviert und diesen mit guten Ergebnissen bestanden.

Ich denke in meiner momentanen Situation, der Arbeitsunfähigkeit, werde ich bei der Auswahl nicht berücksichtigt. Ich werde weiterhin die Stellenausschreibungen beobachten, und sehen, ob etwas Passendes dabei ist.

Zur meiner neuen Unterstellung, neuer Chef Herr Bettelmann, möchte ich folgendes anmerken. Wie Sie wissen war Herr Bettelmann bisher mir gleichgestellter Mitarbeiter. Herr Bettelmann hat Schwierigkeiten mit mir, da ich ihm einige Male gebeten habe, seine fehlerhaften Darstellungen aus der Presse und aus dem Internet richtig zu stellen. Damit habe ich ihm so zu sagen auf den „Schlips" getreten. Leider musste ich zwei bis dreimal nachhaken, bis er die Notwendigkeit einsah, die notwendigen Richtigstellungen vorzunehmen. Sicherlich hätte ich meinen Mund halten können, aber er hat Teile meiner Arbeit übernommen und diese einfach schlecht präsentiert.

Zu Gunsten Herrn Bettelmann wurde meine bisherige Stelle von Frau Kaiser auseinander genommen. Für mich unverständlich, wenn man doch bereits wusste, dass Herr Bettelmann befördert wird und eine ganz andere Position übernimmt.

Zu Ihrer Bemerkung „Übertragung liegengebliebener Arbeiten", habe ich keine Vorstellung, was das für eine Stelle sein soll. An wie viele Stunden denkt Sie mit verkürzt arbeiten?"

„Ach, an 10 Stunden", sagt Frau Oben.

„Nein, das ist nicht Ihr Ernst, wie soll ich davon meinen Lebensunterhalt bestreiten?"

„20 Stunden oder 30 Stunden", fragt sie.

Zur Erklärung für Dich folgende Zeilen: „Verkürztes arbeiten" erwähnte ich bei meinem ersten Gespräch mit dem Betriebsrat. Hierbei ging es darum, dass Frau Kaiser meine Stelle auseinander nahm. Nachdem ich mich gegen Überforderung, 200 % Arbeitsleistung, ausgesprochen hatte, hat Frau Kaiser es mit Unterforderung versucht. Sie gab Teile meiner Arbeit an Herrn Bettelmann und mir blieben nur noch 65 % meiner Stelle. Ich musste gegenüber der Geschäftsleitung anzeigen, dass ich nun unterfordert bin. Frau Kaiser stopfte das Loch mit anderen Arbeiten, Zuarbeit für „nette Kollegen". Nachdem ich auf der Notaufnahme gelandet war, wurde überlegt, mich allein weiterarbeiten zu lassen (also diese 65 %), um mich wieder von den „netten Kollegen" zu trennen. Dies kam nur in Frage, weil ich völlig hilflos in der Situation war, nachdem die Kollegin mich so stark attackiert hatte.

„Wenn ich so wenig arbeite, und dann vielleicht noch nach Sonnenschein fahren soll, dann arbeite ich nur fürs

Benzingeld. Was ist eigentlich mit meiner Arbeit? Es sind doch immerhin 65 % noch vorhanden."

„Diese Arbeit macht jetzt Frau Kaiser nebenbei allein", sagte Frau Oben.

„Ich will der Frau Kaiser nicht zu nah treten, aber diese Arbeit kann man nicht nebenbei erledigen und auch Frau Kaiser muss sich erst einmal richtig einarbeiten und das braucht seine Zeit. Außerdem verstehe ich gar nicht, warum man meine Stelle so auseinandernimmt."

„Ja, das ist Sache der Chefin und Sie sind nur zum Arbeiten da", sagte Frau Oben.

„Ja, das weiß ich. Ich will auch nur in Frieden arbeiten und nicht von den Mitarbeitern der Frau Kaiser in Sonnenschein ausgegrenzt und gemobbt werden. Wobei eine Kollegin jetzt zum offen Angriff übergegangen ist."

Die Antwort von Frau Oben: „IN UNSERER FIRMA GIBT ES KEIN MOBBING. DAS BILDEN SIE SICH NUR EIN! BEI UNS IST ALLES IN ORDNUNG. ALLES ANDERE LIEGT AN IHNEN."

IN UNSERER FIRMA GIBT ES KEIN MOBBING. DAS BILDEN SIE SICH NUR EIN! BEI UNS IST ALLES IN ORDNUNG. ALLES ANDERE LIEGT AN IHNEN. Das wiederholt Frau Oben immer und immer wieder im Gespräch.

„Es tut mir leid, Sie enttäuschen zu müssen, hier handelt es sich eindeutig um MOBBING. Das kann nicht todgeschwiegen werden!"

Ich nenne Ihnen ein paar Namen: Frau T., Herr L., Frau S. ...

Ich denke an Frau N., an Frau W., die unter einen Laster gefahren ist, nach einem Gespräch mit Frau…

Ich denke an den Kollegen, der sich das Leben genommen hat…

Ich muss mein Unverständnis auch erwähnen, über die letzte Personalversammlung und der Veröffentlichung im Internet durch unsere Personalvertretung, in der es heißt: „In unserem Unternehmen sind keine Fälle von Mobbing bekannt."

IN UNSERER FIRMA GIBT ES KEIN MOBBING. DAS BILDEN SIE SICH NUR EIN! BEI UNS IST ALLES IN ORDNUNG. ALLES ANDERE LIEGT AN IHNEN.

Ich habe eine siebenjährige Tortur durch. Ich habe sieben Jahre durchgehalten. Ich habe Ausgrenzung hingenommen. Ich habe mich gewehrt, dabei habe ich immer wieder um Hilfe gebeten. Ich habe bei Mitarbeitergesprächen auf den Missstand aufmerksam gemacht. Das Gesundheitsmanagement führte im Rahmen seiner Aufgaben Gespräche mit mir. Ich habe es gesagt. Ich wurde abgeschoben, in die letzte Ecke der Firma, an der Lage meines Büros konnte jeder erkennen, was hier läuft. Leistungen, die jedem Mitarbeiter zur Verfügung stehen, bekomme ich nur, wenn ich mit aller Kraft darum kämpfe. Ich möchte da auf den Abschluss der Zielvereinbarung verweisen. Letztes Jahr wurde ich dann ganz ausgeschlossen. Ich wünschte, ich hätte mich noch heftiger gewehrt, dann wäre mir vielleicht viel Leid erspart geblieben. Da muss ich erst auf der Notaufnahme liegen.

„Vielleicht denken Sie heute Abend einmal darüber nach, wie Sie sich fühlen würden", sagte ich zu ihr,

„eine Kollegin rastet völlig aus, weil ich eine einzige Frage habe. Es werden die Akten geschmissen, es wird rum gebrüllt, es werden Stifte durch die Gegend geschmissen. Ein Alptraum! Nicht zu vergessen das ständige Gestöhne, wenn ich den Raum betrete, das große Schweigen danach, das Geflüster. Stinke ich? Wenn eine Kollegin mit mir sprechen will, holt sie sich erst eine Zeugin, die mithört und auch protokolliert. Aber vielleicht hat das nichts mit mir zu tun? Vielleicht holt diese Kollegin sich „Verstärkung", weil sie ihr Problem erkannt hat und öfters mal ausrastet. Diese Kollegin hat mir selbst erzählt, dass eine Mitarbeiterin vor mir, die Abteilung gewechselt hat, weil sie ausgerastet ist. Die Mitarbeiterin rannte weinend zum obersten Boss und wurde versetzt."

Frau Oben meinte dazu, ich solle die Fälle nicht vermischen. „IN UNSERER FIRMA GIBT ES KEIN MOBBING. DAS BILDEN SIE SICH NUR EIN! BEI UNS IST ALLES IN ORDNUNG. ALLES ANDERE LIEGT AN IHNEN."

„Ich bitte Sie im Rahmen ihrer Fürsorgepflicht mir einen geeigneten Platz zu besorgen. Jegliches Mobbing kann ich gut beweisen. Ich habe Tagebuch geführt, um nicht zu verdrängen, was mir geschah und geschieht. Es ist einfach unglaublich."

Durch die „Blume" fragte Frau Oben, wann denn wieder mit mir zu rechnen wäre. Nicht direkt gefragt, aber gefragt.

„Ich hatte in letzter Woche noch Untersuchungen, wo die Befunde noch ausstehen. Ich muss nächste Woche wieder zum Arzt. Ich schlage vor, dass ich mich danach bei Ihnen melde. Dann können wir gern ein Gespräch …"

Sie unterbrach mich: „NEIN, SIE BRAUCHEN SICH NICHT ZU MELDEN. ES WIRD KEINE STELLE GEBEN. IN UNSERER FIRMA GIBT ES KEIN MOBBING; DAS BILDEN SIE SICH NUR EIN! BEI UNS IST ALLES IN ORDNUNG. ALLES ANDERE LIEGT AN IHNEN."

Ich kämpfe weiter: „Doch ich würde gern mit Ihnen sprechen und ich möchte zu diesem Gespräch auch eine Begleitung mitbringen. Ich fühle mich einfach ungerecht behandelt. Ich hatte letztes Jahr mein 25-jähriges Betriebsjubiläum. All die Jahre habe ich gut gearbeitet und ich lasse mich nicht vom Mob aus dem Betrieb drängen. Ich wünsche Ihnen einen schönen Tag."

Ich bin sehr enttäuscht und sehr wütend!

Elisabeth

Rechtliche Beratung

Lieber Chandrashekara,
ich beschäftige mich mit Mobbing:
Es gibt stummes Mobbing, verbales Mobbing und körperliches Mobbing/Gewalt. Ein schlauer Anwalt hat mir einmal gesagt, dass dies bestraft werden kann mit einer Haftstrafe von sechs Monaten bis zu zehn Jahren.

Die Mobbingopfer haben dafür oft Lebenslang den Schaden oder wählen sogar den Freitod und wenn ein Mobbingopfer sich wehrt, kommt es oft zu Drohungen.

Oft werden dem Gemobbten Dinge untergeschoben. Zum Beispiel Diebstahl oder grobe Beleidigung, das dann eine Entlassung rechtfertigt.

Siehe den Fall mit dem Pfandbong. Eine Mitarbeiterin hatte einen Pfandbong, mit einem Betrag unter einem Euro, in der Tasche und wurde dafür entlassen.

Oder der Chef meint, man hätte ihn beleidigt.

Frau S. bekam keine Arbeit zugeteilt. Dafür bekam sie eine Abmahnung, weil sie nicht arbeitet. Mein Held sagte dazu, du kannst keinem Mann Kriegsdienstverweigerung vorwerfen, wenn er keinen Einberufungsbescheid erhalten hat.

Ich bin begeistert und manchmal auch sehr sprachlos und jetzt habe ich eine Schreibblockade.

Völlig blockiert.

Deine Lisa

Kündigung

Lieber Chandrashekara,
ich wache schweißgebadet auf. Ich habe schlecht geträumt. Nein, ich habe nicht schlecht geträumt, alles ist die Wirklichkeit.

Ich habe hingeschmissen!

Ich habe gekündigt!

Ich kann nicht mehr.

Man muss wissen, wann man verloren hat.

Ich werde nie wieder dort hingehen, auch nicht um meine persönlichen Sachen abzuholen.

Wie klug oder wie unklug dies Entscheidung ist, weiß ich nicht. Ich kann auch nicht darüber nachdenken, weil ich sonst meine Haltung verliere und völlig aus der Balance komme. Ich fühle mich, als wenn ich mit großer Mühe auf einen riesigen Berg gestiegen bin. Ich sitze auf dem Gipfel. Das Gipfelbuch habe ich in der Hand. Hier siehst Du es. Ich kann nicht nach unten ins Tal sehen, ich habe Angst vor dem Abstieg. Ich schaue zum Horizont und sehe dort Licht.

Deine Lisa

Schluss

Ich stehe am Abgrund. Bald werde ich springen und fliegen. Ich habe Angst. Etwas Zeit bleibt mir noch...
Der Morgen naht. Die Sonne geht auf am Horizont. Das Feuer ist ausgebrannt. Ich stecke die Briefe in meine Tasche.

„Komm, ich will es hinter mich bringen. Komm schon. Komm schon, lass uns springen", rufe ich. Ich will so schnell wie möglich vom Gipfel springen.

Die Angst ist vergessen. Mein Held stellt sich hinter mich. Wir laufen gemeinsam los. Unsere Schritte sind synchron. Ich schrei:

„Komm, Chandrashekara, komm!"

Wir springen ab und fliegen und gleiten dahin. Es ist wunderschön und die Zeit steht still.

"Woher weißt du es?", ruft mein Held Chandrashekara hinter mir.

„Ich habe es immer gespürt und gewusst."

Wir gleiten hinab ins Tal und landen sanft auf einer Wiese. Der Gleitschirm fällt hinter uns runter.

Für mich ein Erlebnis zum Beginn einer neuen Zeitrechnung.

Wir sind frei!

Ende

Kontaktmöglichkeiten zur Autorin gern auch über

www.mit-mobbing-leben.de